dear+ novel
ougon no omega to mitsuai no gisoukekkon ・・・・・・・・・・・・・・・・・・・・

黄金のオメガと蜜愛の偽装結婚

ゆりの菜櫻

新書館ディアプラス文庫

黄金のオメガと蜜愛の偽装結婚

contents

illustration : カワイチハル

黄金のオメガと
蜜愛の偽装結婚
OUGON NO OMEGA TO
MITSUAI NO GISOUKEKKON

◆ I ◆

晴れ上がった天色《あまいろ》の空――。

七月、アカデミー構内にある大聖堂の鐘の音が夏の真っ青な空へと吸い込まれていく。

果てのない澄みきった青に、リシェル・グラン・ローデライトは宝石のようだと言われている鮮やかなエメラルドグリーン色の目を細めた。

今日は六年間在籍した王立アカデミーの卒業式だ。

カミール王国の王立アカデミーは、アルファ、ベータ、オメガという三種類のバースや、性別、身分などに関係なく、優秀な人間に門戸《もんこ》を開いている大陸でも屈指のアカデミーである。

リシェルはそこで十四歳から六年間、王子という立場を忘れて寮で生活し、友人を作り、彼らと青春を共にした。

そして今日、その儚《はかな》くも輝かしい時間にとうとう終止符が打たれる。

「この時間を手放したくないな……」

卒業すれば、ここ、カミール王国の第三王子であるリシェルは王宮へ戻り、王子としての責務に追われる毎日が待っていた。

何にも縛《しば》られず、大勢の人間と笑い合った懐かしい日々が、少しずつ過去のものへ移り変わっていくことに胸が痛む。変化を嫌う子供の自分が声を上げて泣いているようだ。

だが、きらきらと輝いていた美しい時間は引き留められるはずもなく、リシェルがどう足掻《あが》こうが終わりを告げようとしていた。

クライヴ――。

クライヴ・カディス・デートリッヒ。彼はカミール王国の右大臣家、デートリッヒ公爵家の世嗣《せいし》でアルファであり、優秀な魔法騎士である。

そしてリシェルがそっと胸に恋心を秘めている相手でもあった。もちろん告白する気はない。ただ、一緒にいるだけで充分だった。

クライヴとはアカデミーで知り合い、今では誰よりも心を許す親友となっていた。

彼は、今年度の学生総代だったリシェルの片腕であり、魔法騎士科を首席で卒業する優秀な青年だ。既にアルファとして覚醒《かくせい》していて、アカデミーでも男女関係なく人気があった。

確かにリシェルも王子という身分で学生総代でもあったので、それなりに人気は高かったが、クライヴには敵《かな》わないと思っていた。何故《なぜ》ならリシェル自身もクライヴが一番かっこいいと感じていたからで、特に魔法騎士の制服は、元々気品がある彼を更《さら》に男前に見せ、はっきり言って目の毒だった。そのかっこよさに何度見惚《みと》れたか数えたらきりがない。

「う……ただのファンだな、僕は」

改めて思う。だが本当にかっこいいのだから仕方がない。

「約束より少し早く着いてしまったな」

アカデミー最後の日は教授とテーブルを共にする正餐会《せいさんかい》が催《もよお》され、その後に卒業記念パーティーがある。リシェルはクライヴからパーティーに一緒に行こうと誘われていた。

「待ち合わせの時間まで、ちょっとぶらぶらするか。この校舎ともお別れだからな……」

リシェルはいたるところに思い出が残るアカデミーをゆっくりと散策する。すると中庭の四阿《あずまや》でクライヴが誰かといるのを見つけた。

よく見るとクライヴの義父、デートリッヒ公爵と一緒に、隠れるようにして立っていた。

声が掛けづらいな……。どうしよう。

つい茂みに隠れて様子を窺《うかが》う。

「リシェル殿下だが……」

突然自分の名前が聞こえてきた。

え……？

いけないと思いつつも聞き耳を立ててしまう。

「……未《いま》だ覚醒をされていないようだな」

「はい」

クライヴの漆黒《しっこく》の髪が彼の表情を隠してよく見えなかった。

「もう二十歳になられたのに覚醒されていないとなれば、アルファかオメガの可能性が高い。ベータであればこれほど力を蓄《たくわ》える時間が長いとは思えないからな。覚醒が遅いほどその特性が強く現れるというから、殿下がアルファに覚醒されれば、かなり優秀なアルファになられる。兄君たちを乗り越えて一気に王太子になられるやもしれない」

王太子――。

鼓動《こどう》が跳ねる。王太子になるなどと今まで本気で考えたことがなかった。

カミール王国では、王太子の座は王子の中で一番アルファの力の強い者に与えられることになっている。生まれた順番ではなかった。

リシェルには兄が二人いる。王族はアルファに覚醒しやすいこともあって、二人ともアルファで既に国政において頭角を表している。そのため自分がもしアルファになったとしても、王太子の席が回ってくるとは思っていなかった。だが、多くの貴族らは、どの王子が王太子になるかを計算しながら動いており、このようなデートリッヒ公爵の言葉からもわかるように、知らぬ間に他人の謀略《ぼうりゃく》に巻き込まれていくのが王子の宿命とも言えた。

アカデミー時代はそんな政治的な思惑にあまり影響されない環境にいたが、これからはそうはいかないと、この会話を聞いて改めて感じる。

リシェルは自分の拳《こぶし》をきゅっと握った。茂みの向こうではデートリッヒ公爵がまだ話し続けている。

「――だが覚醒確率が最も低いが、万が一、オメガになられた場合、わかっておるな」

オメガ――!

リシェルの背筋がぞくっとした。王子がオメガに覚醒した場合、多くの枷《かせ》をかけられる。だからこそ絶対に覚醒したくないバースだった。

「クライヴ、お前は私への恩を忘れるではないぞ? いいか、その際はリシェル殿下の花婿《はなむこ》に立候補し、必ずや殿下と結婚するのだ。わかったな。さもなくば、お前の家族への支援は打ち切ると思え」

なっ……!

リシェルは声が出そうになるのを、寸前で押しとどめた。代わりに躰《からだ》が震えてくる。

クライヴの家族への支援を打ち切る――?

クライヴは養子だ。本来はデートリッヒ公爵の遠縁にあたるラグール子爵家の次男だった。だが、公爵家に跡取りがいないことと、クライヴが利発で魔法力の強い子供であったことから養子として迎え入れられたと、リシェルはクライヴから聞いている。

デートリッヒ公爵め、クライヴを脅《おど》してまで、僕と結婚させたいのか――?

公爵の言動の理由は簡単に想像がつく。最近、王政を支える四大公爵家の一つ、右大臣家であるデートリッヒ公爵家の勢力が、ライバルの左大臣家、サスベール公爵家に押されてきていた。

サスベール公爵家が今まで名門貴族から相手にされていなかった新興貴族を擁護《ようご》したため、彼らから信頼を得て味方につけたからだ。結果、サスベール公爵家の言動が大きく政治に影響するようになっていた。

だがもしリシェルがオメガに覚醒し、クライヴと結婚をすれば、デートリッヒ公爵家は国王派の貴族を味方につけられ、一気に勢力を取り戻すことができる。さらにオメガの王子を娶《めと》った者は、多くの制約が課せられる代わりに、一代限りの王族として扱《あつか》われた。王族という特別な地位と権力を得れば、多くの貴族を派閥《はばつ》にとり込めることになるので、ライバルのサスベール公爵家の勢力拡大に歯止めを掛けるには充分だろう。

四大公爵の力のバランスはカミール王国にとって、大変重要なものだった。

カミール王国は、別名薔薇《ばら》の王国と言われている。王家が赤い薔薇の紋章を掲《かか》げており、王家を支える四大公爵がそれぞれ白、青、黒、黄の薔薇の紋章を家紋としていた。ちなみにクライヴのデートリッヒ公爵家は白い薔薇の紋章である。

薔薇の紋章は、遡《さかのぼ》れば王家の血筋である証拠でもあった。そのため血筋も高貴な四公爵家の権力争いは熾烈《しれつ》で、時には王家も巻き込むほどだった。

「わかったな、クライヴ」

「……はい」

「わかっているのなら、それでいい。とにかくお前は殿下の親友という立場だ。この立場を使って、上手《うま》いこと立ち回れ。いいな、失敗は許さないぞ」

デートリッヒ公爵は冷たい双眸《そうぼう》をクライヴに向けて言いたいことだけを言うと、すぐにその場から去っていく。だが一方で、クライヴはそこからしばらく動かなかった。

クライヴ……。

リシェルもまた茂みに座り込み、動くことができなかった。彼のことを親友だと疑わず、今まで信じていた。だが――、
もし、クライヴが公爵に命令されたから僕と友情を築いていたのだとしたら――？

僕のことを親友だって思っていなかったら――？

不安が胸の奥底から湧き出てくる。同時にリシェルの心臓にじわりと締め付けられるような感覚が生まれた。

「っ……」

リシェルは大きく頭を振った。

クライヴを信じよう。この六年間、彼と一緒にいたんだ。彼の友情が偽物《にせもの》のはずがない。あと万が一の時は、彼の生家、ラグール子爵家の家族のことも僕がどうにかしなければ……。

『クライヴ、お前は私への恩を忘れるではないぞ？　いいか、その際はリシェル殿下の花婿に立候補し、必ずや殿下と結婚するのだ。わかったな。さもなくば、お前の家族への支援は打ち切ると思え』

公爵の言葉が頭から離れない。

オメガになりたくない。ならなければクライヴの偽《いつわ》りの愛情を受けなくても済む。彼のことが好きだからこそ、そんなものを手にしたくはなかった。

オメガに、絶対なりたくない——。

リシェルはそこから動けず、しばらく茂みの陰に座り込んだ。


卒業記念パーティーは、アカデミー内にある記念ホールで開催される。

立食パーティーであるが、卒業生は正装して、気の合う仲間と談笑したりダンスをしたりして、アカデミー最後の日を楽しむのだ。

リシェルはこの日のために用意したワインレッドのフロックコートを着ていた。コートの全面には細い銀糸で細かな小花を散らせ、その下には美しい花柄《はながら》を刺繍《ししゅう》したベスト、ジレを身に着けている。きらきらと光る金髪とエメラルドグリーンの瞳がワインレッドに映《は》えるとのことで、王族御用達《ごようたし》のテーラーが特別に仕立てたものだった。

ボールルームは王侯貴族が実際使うような社交場と同様の豪奢《ごうしゃ》な造りで、天井《てんじょう》には見事なレリーフが施《ほどこ》されており、美しいフレスコ画が嵌《は》め込《こ》まれていた。天井から吊《つ》り下《さ》げられた大きなシャンデリアは眩《まばゆ》いばかりに光り輝き、その空間をより美しく照らしている。

リシェルはその輝きに目を細め、ボールルームを見つめる。今日でここも見納めだった。学生総代として、クライヴに補佐をしてもらいながらアカデミー内の多くの問題に対処していたことを思い出す。いろいろと苦労も多かったが、それは心地の良い時間でもあった。リシェルにとって宝物のような日々であったことに間違いはない。そしてクライヴが隣にいたからこそ、それは格別だった。

クライヴ……。

今日でこの恋心は誰にも知られないように胸に閉じ込めなければならないな――。

リシェルが自分に言い聞かせ決心していると、背後から声が掛かった。

「リシェル、ここにいたのか」

リシェルは声だけですぐに相手が誰かわかり、気持ちを引き締める。

「クライヴ」

普段と変わらない様子を装いながら彼に振り向いた。クライヴは魔法騎士科の正装である濃紺の軍服に、卒業生の証《あかし》である本の形をした金の胸飾りを付けている。リシェルのように着飾った様子はないのに、目を惹《ひ》く美丈夫《びじょうぶ》だった。

彼が髪を片手で掻《か》き上《あ》げながらこちらへ足早に近寄ってくる。決して何色にも染められない深く美しい漆黒の髪は、リシェルの心を惹いてやまないものの一つだった。さらに理知的な雰《ふん》囲気《いき》を醸《かも》し出《だ》す濃いブルーの鋭い双眸は二重《ふたえ》で、ややもすると冷たそうに見える表情もその一重のお陰で少しだけ甘さを含むものとなる。

彼が現れたことによってあちらこちらから小さな悲鳴にも似た黄色い声が沸いた。もちろんリシェルが登場した時もどよめきは起きたが、クライヴの場合はリシェルと違って、明らかに女性からの秋波が多い。

こいつ、自分がどれだけハンサムか、わかっているのか？　無駄な色香を振《ふ》り撒《ま》いて……。

そんなことを思いながらも、自分も一瞬見惚れてしまったのはいつものことだ。

一応リシェルも『金の王子様』と呼ばれ、裏で親衛隊ができるほどであるが、こちらは『敬愛』から派生した感情を向けられている感じがしていた。だが一方、クライヴの場合は『敬愛』もあるが『恋愛』の感情が非常に多い気がする。

以前、そう言ったらクライヴはそんなことはないと否定し、逆にリシェルの貞操を守るのが大変だとか、訳のわからないことを口にしていた。もちろんリシェルは信じていない。

「リシェル、何かあったのか？　待ち合わせ場所にも来ないから少し心配したぞ」

「あ……」

ドキッとした。あれからしばらくその場を動けずにいたリシェルは、約束の場所に行かずに、先に会場へ逃げてきてしまったのだ。

「……少し段取りで気になったところがあったから、ボールルームに先に顔を出したんだ。すぐに待ち合わせ場所に戻ろうと思っていたんだが、確認作業に手間取って……悪かったな、クライヴ」

　嘘を交えて弁明する。公爵との話を聞いていたことは隠したかった。

「何か問題があったのか……。言ってくれれば、私も対処したのに」

「いや、僕が少し気になっただけだから。それに結局問題はなかったし」

「それならいいが」

　彼が安堵《あんど》して笑みを零《こぼ》す。この笑顔が演技なのかどうか、ふと疑ってしまい、そんな自分にリシェルは嫌気が差した。だが一方で、疑いの気持ちが水の中に墨《すみ》を落としたかのように、躰の中へと広がっていくのを感じずにはいられなかった。するとそんなリシェルの微妙な変化を感じ取ったようで、クライヴが表情を歪《ゆが》める。

「どうした、リシェル。元気がないようだが……」

「あ、いや。今日でこのアカデミーの生活も最後かと思うと、意外と寂しいものだなって……」

「ああ、そうだな。今日で卒業か……。もう君にこうやって毎日会えなくなるのは寂しいな」

「え……」

　思わずクライヴの顔を見上げてしまう。

「え、って、君は私と会えなくなることを寂しくは思ってくれないのか？」

「いや、改めて君にそんなことを言われて、驚いただけだ。もちろん僕も寂しいよ。君や親しくしていた仲間と離れてしまうのは、とても寂しい――」

寂しい。どこまでが君の本心なのか、先ほどの公爵との会話を聞いてから、わからなくなってしまったから――。

君の言葉をどこまで信じていいんだろう――。

信じたいと思っても、気持ちが揺れる。

「リシェル？」

クライヴが訝《いぶか》しげに声を掛けてきたことで、リシェルは我に返った。

「まあ、だから、いろいろと感傷的になるということだ」

リシェルはクライヴから視線を無理やり外し、ボールルーム全体を見渡した。

学生総代のリシェルとその補佐のクライヴが揃《そろ》って立っているせいか、学生らが遠巻きに見ている。本来なら卒業生だけのパーティーであるが、ボールルームと接するロビーには在学生も大勢集まっていた。卒業生を最後に一目でも見たいという学生たちだ。皆、入り口からこちらを覗いている。

「金の王子様！」

呼び声に笑みを向けると歓声が沸き起こった。リシェルはその異名の通り、輝くような金髪に、エメラルドグリーンの瞳を持つ美しい青年だ。だが母である王妃に似てしまったせいで男としては少し華奢であった。特にクライヴの隣に立つ時はそれが顕著《けんちょ》になってしまい、リシェルのコンプレックスが疼《うず》くのは言うまでもない。

こっそりと裏で『花の姫と夜の騎士』などと言われているのも知っていた。

そんなコンプレックスを未《いま》だ感じたことに苦笑しながら、リシェルはクライヴと一緒に友人たちが集まっているビュッフェエリアへと移動する。ボールルームの一角に飲み物と軽食が用意されているのだ。

「あら、やっとクライヴ、来たのね」

先に食事をしていた友人の一人、オリヴィア・アーエン・オルレア伯爵令嬢がリシェルとクライヴの姿を見て、場所を開けてくれる。

彼女は美しいプラチナブロンドの髪にゆるやかなカールを掛けてアップにし、その美貌《びぼう》をいつも以上に際立たせていた。

彼女は元、リシェルの妃候補だった令嬢の一人だ。アルファかオメガに覚醒すれば、という条件付きだったため、半年前にベータに覚醒した時点で候補から外された。その代わり、今はターゲットをクライヴに変えているらしい。

オリヴィア自身が、父親のオルレア伯爵にクライヴとの縁談を直談判していると噂《うわさ》には聞いているが、家同士の婚姻《こんいん》でもあるので、簡単には話が進むものではないようだった。

「クライヴ、あなたがなかなか来ないから、リシェル殿下がずっと出口で待っていたのよ。どうしたの？」

アカデミーでは誰もが身分に関係なく平等に扱われるため、たとえリシェルが王子であろうが、皆が敬語を使わず親しく会話をする。オリヴィアも例外ではなかった。『殿下』呼びはするが、それ以外は他の学生と変わりなく話し掛けてくる。

「あ、オリヴィア、違うんだ。クライヴとは待ち合わせしていたんだけど、僕が先に来てしまって、それで迎えに行こうかどうか悩んで出口でうろうろしていたんだ」

リシェルが慌てて言い訳をする。

「あら、そうだったの？」

「やっぱり迎えに行けばよかった。すまない、クライヴ」

「私も待ち合わせ時間に少し遅れていたし、実際はそんなに待っていないから気にするな」

クライヴはそう言いながら、早々に給仕からワインを受け取ると口をつけた。

「さっきから卒業生だけでなく在学生までも、クライヴはまだ来ないのかって何度も聞きに来て、煩《うるさ》かったのよ」

オリヴィアが少しむくれたように薄桃色の唇を尖《とが》らせる。すると周囲にいた他の友人らも、彼女の言葉に続いた。

「そうそう。それに君だけじゃない。リシェルもそうだ。リシェルが出口で、人待ち顔をして立っているから、リシェルと話したい輩が、声を掛けてもいいのかって、これまた何故か私たちに聞いてくるんだよな」

彼らがリシェルやクライヴの友人グループだと皆が知っているからだ。

「はは、申し訳ないな」

　クライヴが苦笑すると、友人の一人も仕方ないと笑みを零した。

「まあ、皆、今日が最後だから、記念になるようなことをしたがっているのはわかってるけどね」

「憧《あこが》れの『花の姫と夜の騎士』だもんな。最後のチャンスに賭《か》ける人間の多いこと多いこと……はぁ」

「まったくもてない私たちがどんな思いでその対応をしたのか、よくよく考えろよ。いいか、借りだぞ、借り。卒業したら可愛《かわい》い子を紹介しろよ」

　親しく絡んでくる友人に、リシェルは気軽に冗談で応対する。

「君に紹介する余裕なんてないな。誰かいたら先に僕が付き合いたいよ」

　瞬間、辺りの空気が固まった。

「え？　何かおかしいことを言ったか？」

　リシェルが異変に気づき、クライヴを含め、友人らを見渡すと、皆が一様に驚いた顔をしている。そして、そのうちの一人が我に返ったように声を上げた。

「おお、リシェルが問題発言～。お父さん、どうしますか。可愛い一人娘がそんなことを言ってますよ。嫁《よめ》に行っちゃうかも～」

　と、面白《おもしろ》がってクライヴに絡む。

「ふふ、お父さんの目が黒いうちは、リシェルは嫁には出しません」

クライヴも冗談に乗って、そんなことを口にした。思わずリシェルは大きなため息を吐く。

「はぁ……、まったく君たちは何を言っているんだか……」

「皆、卒業して王室に戻る君を心配しているのさ」

友人たちが悪のりしてリシェルをもみくちゃにしてくる。せっかく正装したのに、困ったものだ。いや、本当は全然困っていない。こうやって気兼ねなく接してくれる友人ができた六年間に喜びを覚える。

「あ、ダンスが始まるようだぞ」

友人の声と共に楽団による生演奏が始まった。卒業記念パーティーのメインイベントだ。だがその前に大きな問題があった。いつの間にか大勢の学生がリシェルとクライヴにダンスの相手をしてほしいと周囲に集まり出していたのだ。

卒業生のみがダンスを踊れるのだが、それでもかなりの人数が勝手に二人の前に列を作り、並び始めた。

「ほら、リシェル、ダンスの申し込みだぞ。皆、最後の思い出に憧れの君と踊りたいとさ」

「あちらの列はクライヴと踊りたいって」

友人がもう一つの列を指して告げると、オリヴィアが不満そうに声を上げる。

「あら、クライヴ、あなたは私と踊ってくださらないの?」

「オリヴィア……」

「アカデミーの最後の日くらい、ご一緒してもいいじゃない？」

にっこりと笑う彼女はなかなかの迫力だが、クライヴも負けてはいないようだ。その笑顔に笑顔で返す。

「君をファーストダンスのパートナーに選ぶと、あとが大変そうだ」

社交界ではファーストダンスのパートナーにはいろんな意味合いがあり、気軽に選べない。特にクライヴにアプローチを仕掛けている相手ともなれば、それを承諾《しょうだく》したと周囲に受け取られかねないのもあった。

「もう、隙も見せないのね。可愛げがないわよ」

「その言葉、君に返すよ」

クライヴが呆《あき》れた顔で返すのをオリヴィアは睨《にら》んで受け止め、今度はリシェルに視線を向けてきた。

「じゃあ、殿下。殿下ならもう私は妃候補ではないから大丈夫よね？」

「いや、僕が君に未練があると疑われると困るから、僕もお断りするよ」

「もう、あなたたち！　こんな美人を簡単に振るなんて、信じられない」

「はは、ごめん。また別の機会で。な、リシェル」

「そうだな、オリヴィアとはまたどこかで踊る機会があるよ。ファーストダンス以外でお願いしたいけどね」

「もう」

ふくれっ面《つら》のオリヴィアを宥《なだ》めていると、他の友人から急《せ》かされる。

「ほら、リシェル、クライヴ、二人とも早くパートナーを決めてくれ。そうでなければ私たちがあぶれるから」

友人たちの声に、リシェルがふと目を遣《や》ると、ダンスの相手がいない学生たちが物言いたそうにこちらを見つめていた。

リシェルとクライヴが早くファーストダンスの相手を選ばないと、全員にパートナーがいきわたらなくなるのだ。無言で急かされているようで、なんとも居たたまれない。

「クライヴ、まずはファーストダンスを踊る相手を早く決めようか」

クライヴに声を掛けると、彼が何やら人の悪い笑みを浮かべた。

「君と私が一緒に踊ればいいんじゃないか？」

「君と僕が、踊る⁉」

驚いて声を上げると、友人たちもそれはいい案だと頷き出す。

「そうだ、そうだ。君たちが二人で踊ってくれれば、私たちは思う存分、気になる相手にダンスを申し込めるというものだ。さあ、さあ、二人で踊ってこいよ。いっそのこと、ずっと二人で踊っていてくれればいい。我々の学生生活最後の恋人をゲットする機会を邪魔するな」

最後は本音をちらりと漏らしつつ、友人たちは悪乗りして、リシェルとクライヴをボールルームの中央へと押し出す。二人がダンスをするというのがわかった学生からは、悲鳴なのか歓声なのかわからない声が上がった。

「きゃあっ！　リシェル様とクライヴ様が、ご一緒に踊られるわ！」

「な、な……なんて！　目の保養なの！」

「花の姫と夜の騎士だ！」

「私とも踊ってほしいっ」

卒業生だけでなく、ロビーから覗いている在学生からも黄色い声が上がる。その中で楽団が曲を演奏し始めた。

「リシェル、踊るぞ」

クライヴがリシェルを引き寄せたかと思うと、そのまま腰に手を回してくる。

「本気か？　クライヴ」

「ああ、本気だ。さあ、リードとフォロー、どちらがいい？」

「はぁ……。どうしてこんなことに。仕方ない。君のほうが背は高いから、僕はフォローになるよ」

そう答えると、クライヴが意味ありげに顔を耳元に寄せて囁いた。

「わかった」

甘く低い声で囁かれ、リシェルはどぎまぎしてしまう。

彼はリシェルのことを友人だと思っているだけのようだが、リシェルはそれ以上の想いを抱《いだ》いているので、こんな甘い声を出されたらたまったものではない。

近い距離で彼と顔を突き合わせることになって、リシェルは緊張で心臓が口から飛び出しそうだった。

あ、ああ……どうしようっ――！

リシェルの心臓が大きな音を立てているのが、クライヴに聞こえてしまいそうだ。

そんなリシェルをクライヴが音楽に合わせてリードし始めた。

え――？

羽のように軽やかなステップに驚きを覚える。

クライヴ、こんなにダンスが上手かったのか――。

舞踏会で彼が踊っているのは何度か見たことがあったが、実際一緒に踊ってみると、彼のダンスの上手さがひしひしと伝わってくる。何となく男として負けた気分にもなった。

「……魔法騎士様は何でも上手いんだな」

「誉《ほ》めてくれるのか？　まあ、こうやってリシェルといつか踊りたいと思っていたから、ダンスのレッスンも真面目にやっていたしな」

「相変わらず口も上手いな」

「本当のことさ。やっと願いが叶《かな》った」

クライヴが何か眩《まぶ》しそうに眼を細めて見つめてきた。そんな表情で見つめられることは初めてで、リシェルの心臓がいよいよ教会の早鐘のように忙《せわ》しく鳴り出す。

何か言葉を返さなければ変に思われてしまうかもしれない――。

だが、そう思うほど、追い詰められた気分になり、余計焦る。

「っ……まあ、確かにこんな機会がなければ、僕も君と踊るなんてこと、ないからな……」

第三王子であるリシェルは王宮で夜会があっても、政治的配慮《はいりょ》で王室側からあらかじめファーストダンスのパートナーを選定されるので、こうやって自由に踊ることがなかった。だから――、
だから、今日はクライヴとファーストダンスが踊れる最初で最後の機会かもしれない。

リシェルは改めて背筋を伸ばして顔を上げた。クライヴの顔がすぐ近くにある。

彼の手から伝わるぬくもりに胸が震えた。これから王族と臣下《しんか》という立場になって、彼がよそよそしくなったとしても、この思い出に縋《すが》って生きていけるほどの幸せな時間だ。

忘れたくない――この一瞬を。この胸の高鳴り、この幸せな時間。初めて好きな人と踊れたことを、絶対に忘れたくない。

リシェルが心の内でそう決意していると、クライヴが声を掛けてきた。

「リシェル」

彼の濃紺の瞳を見上げる。すると彼が言葉を続けた。

「そういえば君の妃候補選びには何か進展があったのかい？　オリヴィアが候補者から外れてから君の妃候補の話を聞かないが……」

「ああ、今のところ三人の姫君が候補になっているけど、まだ僕自身がバースの覚醒をしていないため本格的に選べないから、そのままだよ」

オリヴィアが半年前にベータに覚醒した時は誰もが驚いた。優秀な彼女のことを誰もがアルファになるだろうと思っていたからだ。

「ここだけの話、オリヴィアと結婚できたらよかった……と思っている」

「え？」

どうしてかクライヴが酷《ひど》く驚く。そんなに驚くような話だろうかと思いながら、リシェルは理由を口にした。

「君もオリヴィアの友人だろう？　オリヴィアとだったら結婚しても三人で仲良くやっていける気がするから。まあ、アカデミーの延長みたいになってしまうかな」

リシェルが小さく笑うとクライヴが急に真顔になった。

「私が魔法科ではなく魔法騎士科を選んだのは、いつか君の傍《そば》に立ちたいからだ」

「僕の？」

「ああ、私もリシェルとこれからも一緒にいたいと考えていた」

クライヴの家、デートリッヒ公爵家は元々武家で右大臣を輩出《はいしゅつ》する名門だ。その当主は近衛《このえ》騎士団、総騎士団長に任命されるのが通例だった。そのため名ばかりの総騎士団長ではなく、その肩書きに負けないくらいの鍛錬《たんれん》が必要となってくる。だから必然と、クライヴも魔法騎士科を履修《りしゅう》することになったのだが、クライヴはそれをリシェルの隣に立ちたいからだと口にした。

「デートリッヒ公爵家の当主になり、そして右大臣になったとしても、第三王子の君の傍にいられない。だが魔法騎士の資格があれば、君の側近護衛も兼ねられる」

側近護衛。護衛騎士の資格も持つ、側近のことだ。側近護衛は護衛騎士の更に上の身分となる。

「側近護衛って……。クライヴ、君は将来的に近衛騎士団の総騎士団長になる予定だろう? それと僕の護衛騎士を兼任するということか? 僕は国王陛下でもないのに、とてつもなく豪華な側近護衛を持つことになるぞ」

「いいだろう?」

「いいだろうって、君はデートリッヒ公爵家の跡取りだ。『王の閣議《かくぎ》』に席を認められる右大臣にならないといけないだろう? 僕の側近護衛なんてしていたら、『王の閣議』に出られないじゃないか」

「リシェル、君も『王の閣議』に参加できるよう国王陛下に認められるんだ」

「え……」

「そうすれば私は大臣と側近護衛を兼任できる。二人で上を目指そう。私は君とこの先も一緒にいられるよう努力し、上を目指す」

「クライヴ……」

彼がそこまで二人の未来を考えていたことに驚きを隠せない。同時にどうしようもない喜びが躰じゅうに溢れた。だが口は素直ではなく、憎《にく》たらしいことを告げてしまう。

「ったく、君はどこまで傲慢なんだ？　僕の未来まで勝手に決めて。まあ、確かに父に認められるよう努力するのはやぶさかではないが……」

「だろう？」

クライヴが人の悪い笑みを浮かべる。

「リシェル、私はこれまで学生総代の君の片腕としてアカデミーで過ごした。これから先も君の隣を誰かに奪われたくない。君の妃は他の人間でも仕方ないとして、他は……側近も護衛も私がしたいと思っている。どうか、私が力をつけるまで正式な側近護衛を選ぶのを待っていてくれないか」

恋人になれなくとも、彼と良き友人として、王政に携《たずさ》わることができたらどんなに幸せだろう。自分のこの先の未来にも希望が満ちる気がした。

そう、恋人になれなくとも――。

胸に小さな棘《とげ》が刺さったような痛みを感じても、リシェルはその痛みを隠してクライヴの顔を見上げる。

「……なるほど、君とまた組めるかと思うと、楽しみだな。僕もうかうかしていられない。父に認められるよう、何かで功績を上げないといけないな」

「頑張れよ。お互い、多くの知識や技量を身に付けられるよう切磋琢磨《せっさたくま》して、よりよい国にしよう」

「ああ、クライヴ」

もうすぐワルツが終わってしまう。もう二度と彼とファーストダンスを踊れないかもしれないのだから、少しでも長く踊っていたかった。

人々のざわめき、シャンデリアに照らされた輝かしい会場。クライヴが傍にいるからこそ、すべてが宝物のようにきらきらと輝く。

その年の卒業記念パーティーは、『花の姫と黒の騎士』が最初に踊ったワルツの話題で終始盛り上がったのだった。

◆ Ⅱ ◆

リシェルは夕陽が差す図書室で、ふと目を覚ます。どうやら本を読んでいるうちにうたた寝をしてしまったようだった。

懐かしい夢を見た。

夢のお陰で一年前、アカデミーの卒業記念パーティーで、クライヴとダンスを踊った時のことが鮮明に蘇《よみがえ》った。

「はぁ……あれから一年も経ったのか」

一か月前、リシェルはオメガに覚醒し、初めて二週間の発情期に苦しんだ。

王宮内はリシェルの遅すぎたオメガ覚醒に騒然となり、緘口令《かんこうれい》が敷かれた。何故なら、王子のオメガ覚醒は、王女のそれよりもかなり重要な意味を持つからだ。

オメガの王子が産む子供は、必ず最強のアルファになる――。

遥《はる》か古の時代からカミール王国に受け継がれている言い伝えだ。そしてその言葉通り、オメガの王子が産む子は歴代屈指の名君となることが多かった。

それゆえにオメガの王子は、黄金のオメガとも呼ばれ、黄金のオメガが産む子供は、国王の子供でなくとも王太子候補に選定された。

野心ある者ならだれでも欲しがる最高のオメガである。

カミール王国では、オメガの王子の国外流出を防ぐため、国内のアルファの貴族と結婚させ、隣国には絶対に婿入りをさせないことになっていた。もちろんリシェルも例外ではない。

さらに今回のリシェルのように覚醒に時間が掛かれば掛かるほど、そのバースの特性を蓄《たくわ》えて覚醒すると言われており、通常遅くとも十八歳頃までには覚醒するところを、リシェルは二十一歳で覚醒したため、黄金のオメガとしての力も強いと言われていた。

そして今夜、国王主催の定例舞踏会で、国内外の貴族にリシェルのバースを公表し、つがいを募《つの》ることになっている。

覚醒とほぼ同時に、容赦《ようしゃ》なく結婚させられるのもオメガの王子の宿命だった。

一方、国内の貴族にとってもオメガの王子を娶るのは恩恵も大きいが、それなりのリスクも伴う。

まず、『つがいの儀式』だ。通常は初夜の性交のことを差すのだが、オメガの王子と閨《ねや》を共にする時だけ、起こる事象があった。お互いの胸の辺りに王家の紋章、赤い薔薇の聖痕《せいこん》が浮き上がるのだ。

だがこの聖痕は不義を犯した場合、消えるという特徴《とくちょう》を持つ。そのため浮気を隠すことが不可能だった。

万が一、浮気をした際は離婚となる。特につがいの貴族が姦通《かんつう》した場合、姦通罪だけでなく不敬罪にもあたるので、それ相応の覚悟が必要とされた。何故なら下手《へた》をすると極刑も免《まぬが》れないからだ。

そういったリスクがある一方、王子と結婚した者は一代限りではあるが、『一代王族』として扱われることになっている。結納金もかなりの額が用意されるので、リスクがあってもオメガの王子を娶ろうとするアルファの貴族が多いのも確かだった。

「夢も希望もない……か」

思わずリシェルの薄桃色の唇から、正直な気持ちが零れ落ちる。クライヴと共に国政に携わるという夢が潰《つい》えたことをこの一か月で嫌というほど思い知った。

『――二人で上を目指そう。私は君とこの先も一緒にいられるよう努力し、上を目指す』

クライヴと約束したあの日、希望に溢《あふ》れた瞳で見つめられたことを思い出す。もうあの夢は叶えられないと思うと、どこかへ消えたくなるが、王子という責務から逃げるわけにはいかないという責任感だけで、この場に留まっているようなものだった。

「リシェル殿下、入ってもよろしいでしょうか」

侍女長の声がドアの向こうから聞こえる。その声にリシェルが応《こた》えると、すぐに侍女長が数人の侍女を連れて部屋の中へと入ってきた。

「お忙しいところを申し訳ございません。そろそろ衣装室へおいでいただけますでしょうか？

私どもで舞踏会の衣装の準備を手伝わせていただきます」

うたた寝をしていたせいで、どうやら準備するのに、ぎりぎりの時間になっていたようだ。

「わかった。すぐに行く」

リシェルは持っていた本を閉じて、席を立った。


リシェルの父、国王が主催する定例舞踏会は月に一度ある。

王都に住む貴族や、時には領地に戻っている貴族を招待し、盛大な舞踏会が開かれていた。

それらは本来、彼らの忠誠を確認するためでもあるが、国王からすると、己《おのれ》の思い通りにならない危険人物をあらかじめ見知っておくという意義もある。だが一方では国王の目に留まった貴族だけが招待されることもあり、貴族にとっては大変名誉なことでもあった。

ボールルームに続々と招待された貴族がその姿を現す。どの紳士淑女も流行のファッションで着飾っていた。リシェルも侍女長たちの仕事の成果もあり、普段よりも煌《きら》びやかな衣装を身に纏っている。

本来、王子は広間で貴族たちと歓談するという責務を担《にな》っているのだが、今日は自分自身のバース披露会《ひろうかい》を兼ねているので、控《ひか》えの間で父である国王と入場のタイミングを計っていた。

「陛下、そろそろ御入場を」

侍従の一人が恭《うやうや》しく頭を下げる。国王が椅子から立ち上がると同時に、リシェルに声を掛けてきた。

「リシェル、堂々と私の隣に立つがいい。王子のオメガは黄金のオメガと呼ばれる国の宝だ。決して怯むではないぞ」

「はい、父上」

オメガは、通常の生活ができなくなるほどの強い欲情に取り込まれる発情期というものがあるため、どうしても他のバースよりも劣《おと》っているように思われてしまう傾向がある。昔は性奴《せいど》のように扱われた時代もあったとも聞いた。今はそこまではないが、それでも誰もがなりたいバースではない。

父はリシェルの気持ちを汲《く》んで声を掛けてくれたに違いなかった。

「では行くぞ」

控えの間を出て、何人もの護衛騎士を従え回廊を歩く。すぐに舞踏会の会場でもあるボールルームのドアの前に到着した。使用人によって大きな観音開きのドアが押し開けられると同時に、侍従長の声が高らかに響き渡った。

「サンジャス・グラン・ローデライト国王陛下、及びリシェル・グラン・ローデライト殿下、ご入場です！」

ざわっという人のざわめきがリシェルの鼓膜《こまく》を震わす。人々が一斉《いっせい》にこちらに視線を向けるのが目に入った。

数段高くなったところからボールルームを見渡すと、招待された貴族全員がこちらを向き、衣装の絹が擦《す》れる音と共に、波紋のように次々に頭を下げる。その様子は壮観だった。改めてリシェルは自分がこの国の王の息子であることと、その責務を自覚する。

王子であるがゆえに様々な特権を与えられ生きてきた。だが、与えられた権利や地位が特別であるほど責務も重いものになる。

黄金のオメガになったからと言って、その運命から逃げ出してはならなかった。

まず、黄金のオメガと結婚してもいいという王国内のアルファの貴族を募らなければならない。それは普段なら隠したくなるバース、オメガであることを公表することにほかならなかった。

その公表から多くの貴族は、己のメリットとデメリットを考え、王子のつがいを決める特別選定会に登録するか否《いな》かを判断する。

そんな貴族の損得勘定の目に晒《さら》されている間は、まるでオークション会場で入札されているような気分になるに違いない。自尊心などなきに等しい状況だろう。

駄目だ。きちんと前を向いて進まなければ――。

リシェルは沈みそうになる気持ちを奮《ふる》い立《た》たせた。そしてもう一度視線を上げると、会場にいたクライヴと偶然にも目が合う。

あ――。

彼が心配そうにこちらを見ているのがわかった。

この一か月、リシェルは覚醒して、そのまま発情期に入ってしまったこともあり、クライヴに連絡をしていない。本当は彼にだけはバースのことをこの舞踏会より先に伝えておきたかったのに、覚醒した後の雑務に追われてできなかったのだ。内緒にしていたようになってしまい、気まずかった。

普段ならリシェルは会場側で父の会場入りを見守る立場であるが、今宵は父と檀上《だんじょう》に登場したことで、クライヴも大体のことを察したに違いない。それゆえに心配そうに見ていてくれるのだ。

リシェルがクライヴに大丈夫だと小さく笑って伝えると、彼も少しだけほっとした表情を零した。そんなクライヴを見つめていると、隣で父が声を上げる。

「今宵は我が三番目の息子、リシェルのバースが覚醒したことを知らせたい」

途端、会場がざわつく。リシェルの覚醒が遅れていたことは、社交界でも興味をそそる話題の一つだったからだ。

「慣例通り、リシェルのつがい、『王子のつがい』になる者を我が国のアルファの貴族の中から選定する。我こそはと思う者たちは、特別選定会へ申し出るように」

王は一言も『オメガ』という言葉を使わず告げたが、ここにいる全員が、リシェルがオメガに覚醒したのを知ることになる。

好奇の目でじろじろと見られることに嫌悪を感じながらも、リシェルは王族としての威厳《いげん》を失わないよう、堂々と前を見続けた。すると会場から誰かが気を遣《つか》って声を上げる。

「おお、黄金のオメガのご誕生、おめでとうございます。我らが王国の益々《ますます》の繁栄《はんえい》、まことに喜ばしいことでございます」

その声に追従《ついしょう》して会場のあちらこちらからお祝いの言葉が発せられた。

「おめでとうございます」

「陛下、お祝い申し上げます」

拍手が沸き起こる。クライヴからの視線が気になったが、彼を見る勇気がなかった。

彼にオメガに覚醒したことを知られてしまった今、彼がこのことについてどう感じているのか、知るのが怖いのだ。

共に国政に関われる役職に就こうと、彼はリシェルの側近護衛まで目指してくれたというのに、たとえ自然の摂理《せつり》だとしてもリシェルがオメガに覚醒したことで、彼の期待を裏切ったような気分になってしまう。それに――、
それに、一年前の卒業記念パーティーの日で偶然耳にしてしまったデートリッヒ公爵の言葉が脳裏から消えないのもあった。

『クライヴ、お前は私への恩を忘れるではないぞ？　いいか、その際はリシェル殿下の花婿に

立候補し、必ずや殿下と結婚するのだ。わかったな。さもなくば、お前の家族への支援は打ち切ると思え』

クライヴは僕に結婚を申し込んでくるのだろうか……。

きゅうっと心臓の辺りが締め付けられる。もし結婚を申し込んできても、それが彼の意思ではないのは明白だった。しかも『愛』さえない。

そうしたら、僕はどう応えるべきだ——？

断りたい。でも断りたくないという自分もいる。それに断ったことでクライヴの本当の家族が生活できなくなったら？

大義名分を得た気持ちになった。このまま知らない振りをして彼の求婚を受け入れるのも一つの案かもしれない。だがリシェルを愛してくれないクライヴを傍に置くことが幸せだとも思えなかった。

きっと僕はクライヴの愛を欲しがり、それが与えられないことに絶望するのだろう……。

公爵に脅されたクライヴは、リシェルに嘘を吐き続けるに違いなかった。そして優しいクライヴはリシェルを傷つけないように完璧な嘘を貫《つらぬ》くはずだ。

黒いものが胸に渦巻いた。今まで築いてきたものが足元から崩れ落ちそうだった。

「リシェル殿下」

侍従から声を掛けられ、はっとする。気付くと目の前に銀のトレイに載せたワインが入ったグラスを差し出されていた。いつの間にか父の挨拶《あいさつ》が終わり、リシェルの覚醒を祝って皆で乾杯をするようだ。

リシェルは侍従からワイングラスを受け取ると、父がグラスを掲《かか》げた。

「カミール王国の更なる繁栄と、そしてリシェルに精霊の大いなる祝福があらんことを！」

「祝福があらんことを！」

父の声に会場にいた貴族らが全員グラスを掲げ、祝福した。

その後、恒例の舞踏会が始まったので、リシェルは会場へと降りる。舞踏会は王族の誰かが最初に踊らないと皆が踊れないので、大抵は王子の誰かがまずは踊ることになっていた。

ボールルームの中央を見ると、兄の第一王子のセインが、ちょうど妃候補の中でも最有力候補で、オメガでもあるシャンドリアン・ジア・ロレンターナ侯爵令息にファーストダンスを申し込んでいるのが目に入る。侯爵令息は第一王子の申し出を恭しく受け入れ、華麗に踊り出した。それを合図に、周囲にいた貴族たちも各々パートナーに声を掛けダンスをし始める。

ダンスは兄上に任せておこう……。

リシェルはそう思いながら、次々現れる招待客からの祝福の挨拶を受けた。しばらくするとクライヴが近づいてくる。多くの人間がリシェルとクライヴがアカデミー以来の親友だと知っていることもあって、皆、気を遣って二人だけにしてくれた。

「クライヴ……」

言いたいことがたくさんあるも、言葉を失ってしまい沈黙が続く。

一か月以上クライヴに会っていなかったが、何となく前よりも大人っぽくなった気がした。魔法騎士として王宮の騎士団で鍛錬を積んでいると聞いているので、躰が鍛《きた》えられたせいかもしれない。

クライヴを目にして、リシェルの胸の奥にしまい込んでいた恋情が僅《わず》かに疼《うず》いた。

「リシェル、元気だったか？」

ふいにクライヴから声が掛かり、思わず反射的に躰がぴくりと動いてしまう。

「あ、ああ……。一か月前に発情期を初めて経験したが、今は通常と変わらない。クライヴは二か月前、魔法騎士団に正式に入団できたんだろう？　すごいな。おめでとう」

魔法騎士団。王族の近衛隊の最上級に位置するエリート騎士団だ。騎士としての才覚はもちろん、魔法も上級クラス並みに使えなければ入団できない難関の近衛騎士団でもあった。さらに魔法騎士団の上層部になると、『王の閣議』に席を用意されるようになる。クライヴは二か月前、そんなエリート騎士団に入団を許された。

もちろんクライヴは四大公爵の血筋でもあるので、大臣になる可能性も非常に高い。彼はリシェルと違って、着々とあらゆる方面から『王の閣議』の席へと近づいていた。

一年前、同じスタート地点にいると思っていた彼が、この一年で随分《ずいぶん》と先へと行ってしまったような気がして、リシェルは少し寂しさも覚えた。

「オメガに覚醒してしまったよ。せっかく君が魔法騎士科を卒業して僕の側近護衛を目指してくれたのに……。台無しにしてしまってすまない」

オメガに覚醒した王子には側近は付けられない。つがいにあたる人物がその役割をするということで、代わりに侍従と護衛がつくことになる。

「いや、それはリシェルのせいではないから、気にしないでくれ」

「それから、入団のお祝いに行けなくてすまなかった……」

友人らが祝賀会を企画して催したのだが、リシェルは覚醒前の体調不良で動くことができず、クライヴや友人らを心配させないようにと理由を伏せて欠席した。

クライヴからしたら、とてもつれない反応だったに違いない。謝罪を口にするとクライヴからぽんぽんと肩を叩かれた。

「祝いの品は届いたよ。それに覚醒したのが一か月前だったんだろう？　私の入団が決まった二か月前なら、覚醒前の変調で、一番体調を崩している時じゃなかったのか？　私こそ君が具合の悪いことを知らずにいてすまなかった」

リシェルは首を横に振った。

「王族の体調については極秘情報とされているから、クライヴが知らなかったのも当然だ。君が謝る必要はないよ」

「でも今は顔色もいいから、体調も戻ったということか？」

「ああ、もう以前とまったく変わらないくらい元気だ」

「よかった。オメガは覚醒したばかりの時期は、いろいろと体調を崩しやすいと聞いている。何か私にできることがあれば言ってくれ。できる限りのことはするよ」

「クライヴ……」

相変わらずの優しさに心が温かくなるが、例の懸念《けねん》に、すぐに胸が痛みを発した。

……君は僕のつがいを決める特別選定会へ登録するのか？

思わず聞きそうになるが、理性で口を噤《つぐ》む。ここで尋ねてしまったら、何かが崩れてしまうような気がしたからだ。クライヴが『ＹＥＳ』と言っても『ＮＯ』と言っても怖い。

「何だ？」

リシェルが黙ってしまったことを変に思ったのか、クライヴが声を掛けてくれた。

「……あ、いや、今日、君に会えてよかったよ。お祝いも直接言いたかったし……。あと、バース覚醒のことは僕の口から君に伝えたかった。二人の夢だった『王の閣議』に一緒に参加できなくなってしまったから――」

「リシェル」

「ごめん、クライヴ。せっかく君が見つけてくれた希望に満ちた未来だったのに……」

「バースなんて関係ない」

「関係するさ」

オメガはその他にも多くのことで制約がつくバースなのだ。つがいを得るまでは発情期に入ると、正常な判断ができないようにもなる。普通の生活もままならないバースだ。何かをしようとしても、つがいを得ることを前提とされる。

「それに、つがいを得たとしても、僕が政治に携わることを嫌がる相手かもしれない」

クライヴを見上げると、彼が少し苦しげな表情をした。何かと葛藤《かっとう》しているような感じがする。

「リシェル……」

更に彼の表情が曇る。

あ――。

リシェルの心臓が大きく爆《は》ぜた。彼が今から言おうとすることがわかったような気がしたからだ。

もしかしてクライヴは今から、僕のつがいに立候補するということを告げるのかもしれない……。だからこんなに辛《つら》そうな表情をするんだ……。

『クライヴ、お前は私への恩を忘れるではないぞ? いいか、その際はリシェル殿下の花婿に立候補し、必ずや殿下と結婚するのだ。わかったな。さもなくば、お前の家族への支援は打ち切ると思え』

何かの呪縛《じゅばく》のようにリシェルの心にデートリッヒ公爵の言葉がリフレインする。気持ちがざわついて眉を顰《ひそ》めそうになった時、クライヴが言葉を発した。

「リシェル、私は特別――」

「っ……」

彼に言わせてはいけない。嘘を口にし、僕に対して罪悪感など持ってほしくない。罪悪感は僕だけが持てばいい。既に彼に親友以上の想いを寄せているのだ。今更罪悪感が一つ増えても構わない。

リシェルは決意して顔を上げた。

「クライヴ」

呼び掛けると、彼が言い掛けた言葉を呑み込んだ。その隙にリシェルは続けた。

「クライヴ、僕と結婚してくれないか。我が国の貴族のアルファと結婚しなければならないのなら、親友の君がいい。君となら楽しく人生を過ごしていける気がする」

『親友』という言葉を盾にすれば、クライヴも変だと思わないだろう。

リシェルはクライヴの顔をじっと見つめた。彼の瞳が大きく見開かれる。

「親友、の私が……いい？」

「ああ、親友の君がつがいになってくれるなら、僕たちは今まで抱いていた夢を諦《あきら》めなくても済むかもしれない」

『親友』と口にした途端、恋が儚く散ったのを心のどこかで感じる。まるで自分から引導を渡

したような気分になった。

もうこの先、クライヴに愛を請《こ》うことはできないだろう。リシェルのほうから『親友』だとラインを引いてしまったのだから。

「な……」

クライヴが目を見開いて驚いた。こんな表情はなかなか見たことがない。リシェルから結婚を提案されるとは思ってもいなかったのだろう。

それならそれでいい。

「『王子のつがい』には、メリットもあれば、いろいろデメリットもある。だから君が負担ならば断わってくれても構わない。一度、考えてくれないか」

「リシェル、君は……」

リシェルは何も彼に悟られないように笑みを浮かべた。

「それに君なら、僕が王政に携わることを望んでくれる。『王の閣議』に出ることにも協力的になってくれるだろう？」

クライヴの公爵家での立場が悪くならないようにしたかった。

公爵の言葉が本当であれば、クライヴがリシェルと結婚すれば、彼の本当の家族も裕福に暮らせる。そして彼自身も将来、公爵であり、王族という地位も得て、右大臣家としての地位も確固たるものになるだろう。

リシェルの恋が実らなくとも、友人として彼を幸せにできるのなら、これほど幸せなことはなかった。

だがクライヴの表情はどうしてか曇《くも》るばかりだ。

「リシェル、君はそれでいいのか？」

「いいのかって……君がつがいになってくれたのなら、一緒に『王の閣議』に出ることも可能かもしれないし。そういう打算からだから、そんなに重く受け止めないでくれ」

リシェルは彼の肩を軽く叩いた。

「じゃあ、僕は他の招待客にも挨拶をしないといけないから、またあとで」

いたたまれず、適当にクライヴから離れる言い訳を作って逃げた。

これでいい。後悔はしない。

リシェルから、つがいの話を持ち掛けたことで、クライヴはリシェルに嘘を吐かなくて済んだのだ。これで彼はリシェルに罪悪感を持つことはないし、本来の家族も安全に暮らすことができる。

恋心に蓋《ふた》をしろ――。

クライヴと一緒にいられるだけでいい。彼と共に未来を歩き、そして国を支えていく立場になれたら、最高の人生だ。

「これはリシェル殿下、このたびは覚醒おめでとうございます」

「わざわざありがとうございます。オルレア伯爵」

リシェルは笑みを顔に張り付け挨拶をすると、彼の隣に彼の娘であり、アカデミー時代からの友人の一人、オリヴィアが控えていた。

「オリヴィア……嬢。久しぶりだな」

「ご無沙汰《ぶさた》しております。リシェル殿下」

彼女が淑女らしくドレスを捌《さば》き、完璧《かんぺき》で美しいカーテシーを披露するのを見て、アカデミーの日々が遠くなったのを改めて感じる。

「殿下、しばし私と二人きりでお話をしてもよろしいでしょうか」

「ああ、構わない」

「ありがとうございます。殿下」

オリヴィアが礼を口にすると、オルレア伯爵が会釈《えしゃく》をして席を外してくれた。伯爵も二人がアカデミー時代の友人であったことを知っているので、娘の願いを聞いたようだ。

「オリヴィア、こうやって僕と意味ありげに二人っきりで話していると、周囲で噂になってしまうんじゃないか？　いいのかい？　年頃の淑女だというのに」

冗談を交えて話すと、彼女が楽しそうに笑った。

「ふふ。そうですね。でも以前、殿下はわたくしのファーストダンスのパートナーにはならないと言われただけで、二人っきりで会話をしないとは仰《おっしゃ》らなかったわ」

「ああ……そうだった」

アカデミーの卒業記念パーティーで、確かにそのようなことを口にしたことを思い出し、ついクスッと笑ってしまう。

「それにわたくしはベータ。殿下の伴侶になる資格は今回の殿下の覚醒で、完全に消え失《う》せました。残念ながら噂のされようもないですわ」

そう言って彼女は真っ直《す》ぐリシェルを見つめてきた。意志の強そうな瞳は昔から変わらない。

「――殿下、つがいの相手にクライヴ殿をお選びになるのですか？」

「え？」

「殿下のお相手はアルファの貴族のみ。だとしたら、御親友でもあるクライヴ殿はかなり有力候補ではないかと思いましたの」

まるで揺さぶりを掛けられているようだ。特別選定会の前に伴侶候補の名前を口にするのはご法度《はっと》であった。オリヴィアもそれを知っているはずだ。それなのに敢《あ》えて尋ねてくることに意図を感じた。

「オリヴィア、すべては特別選定会が済んでからだよ」

「……わたくしは……畏《おそ》れ多くも殿下を本当に愛していましたわ」

思ってもいなかった告白だった。オリヴィアはクライヴのことが好きだと思っていたのもある。自分に彼女の愛情が向けられているとは気付いていなかった。

「すまない。気付いていなかった」

素直に謝ると、彼女が少しだけ寂しそうに笑う。

「ええ、存じております。それにわたくしも気付かれないように振る舞っておりましたし」

オリヴィアの視線が一度床に落とされる。そして再び何かを決意したかのように顔を上げ、リシェルに視線を合わせた。

「わたくしはベータに覚醒してしまい、殿下の妃候補から外されてしまいました。もう、わたくしが殿下の妃になることは一生ありません。だからこそ、お願いしたいことがございます」

「オリヴィア……」

彼女の震える肩にそっと触れる。気丈《きじょう》に見えるが、彼女はかなりの覚悟をしてここに立っているのだと気付いた。

オリヴィアは、リシェルが結婚する前に、自分の気持ちを伝えたいと思ったようだ。潔《いさぎよ》い彼女らしい。

「殿下がオメガに覚醒されなかったら、わたくし、あぶれた者同士でクライヴ殿と結婚しようかと思っていましたの。まあ、お父様がどう言うかはわかりませんが」

「クライヴと？」

「ええ、でも殿下はオメガに覚醒されましたので、その計画もなくなりました。わたくしは未練がましい女なので、やはり殿下の幸せを願わずにはいられませんから——」

「僕の幸せ？」

「――わたくしの代わり、いえ、わたくし以上に殿下を大切にしてくださる方を選んでくださいませ。わたくしはクライヴ殿なら、殿下を幸せにしてくださるように思えます」

「クライヴ？」

オリヴィアが真っ直ぐリシェルを見つめて頷いた。つい今しがたまで震えていた彼女の肩が、今は震えていない。

「……わかった。心に留めておくよ」

「ええ、必ずですわよ」

オリヴィアの瞳が潤《うる》んでいるのが見てとれた。リシェルはハンカチーフを差し出す。

だがその様子を、サファイア色の瞳がじっと見つめていることに、リシェルは気付いていなかった。

そして一週間後。特別選定会へ登録した者の中に、クライヴの名前があった――。

◆　Ⅲ　◆

「父上、お呼びでしょうか」

　定例舞踏会から一週間後、リシェルは王である父の私室へ呼ばれた。リシェルのつがいを希望する貴族の書類をひとつずつ精査するためだ。

「十二名の貴族から申し出があった。なかなかの数だな」

「思っていたより、ありますね」

　リスクもかなり高い婚姻《こんいん》だ。数名の申し出しかないと思っていたので、少し驚いてしまう。

「こんなものだろう。このリストから慎重《しんちょう》にお前はつがいを選ばないとならない」

「はい」

「お前のつがいになるアルファは、名誉と地位、財産も与えられ、それこそ人生さえも変わるだろう。王国の利益も考え、慎重に選ぶように」

「承知しております」

「それからリシェル、お前の結婚式は発情期の関係もあるから、なるべく早く行いたいと思っておる。それゆえ、悠長《ゆうちょう》につがいを選んでいる時間はない」

「わかりました。肝《きも》に銘《めい》じます」

通常は一年以上の準備期間を設ける王族の結婚であるが、オメガである以上、あまり準備に時間がかけられないのは仕方がないことだと、リシェルも承知していた。

オメガの発情期は三か月に一回、二週間ほどやってくる。その二週間はほとんど人間として機能しない期間だ。

性に奔放《ほんぽう》な生活を選ばないとなれば、ただただ抑制剤《よくせいざい》を飲んで他人との接触を避けて、寝室に籠《こも》るのが精いっぱいであった。

だがつがいを得ると、その発情期がなくなり、他のバースの人間と同じく穏やかに暮らせるようになる。

そのためオメガに覚醒したら、なるべく早くつがいを見つけるのが通例だった。

「時間がない分、いろいろと早急にしなければならないことがたくさんあるが、良きつがいを得られることを望んでいるぞ」

そう言って父は一旦《いったん》言葉を止め、再び口を開いた。

「だが――今、王国の利益を考えるよう伝えはしたが、本音はお前の幸せを一番に考えてほしいとも思っておる」

「父上……」

「無理をせず、お前が良いと思ったつがいを選ぶがよい。お前が選んだなら、この父は反対などしない」

「ありがとうございます、父上」

「それともう一つ、お前に伝えたいことがある。お前がオメガに覚醒したことで、王太子が第一王子セインに決まった。お前の結婚と同様、あれの結婚相手も早々に決めなければならない」

リシェルには兄が二人いる。第一王子、セインと第二王子のレザックだ。二人ともリシェルのことをとても可愛がってくれていた。

二人は既にアルファに覚醒しており、以前魔法師に潜在能力を測定してもらったところ、第一王子のセインのほうが、数値が高いことがわかっていた。

この結果を踏まえ、今回リシェルがオメガに覚醒したことで、セインが正式に王太子となることに決定したのだ。

魔法を扱える魔法力と同じで、バースの力も人によって強弱があり、特にアルファは潜在能力が強ければ強いほど能力はもちろん、人を魅了する力、カリスマ性を持つ人間となると言われていた。

「既に王太子妃候補者は選抜されている。あとはその中から妃を決め、すぐに王太子妃教育を始めねばならない」

「有望視されているのは、シャンドリアン・ジア・ロレンターナ侯爵令息とお聞きしておりますが」

定例舞踏会でセインのファーストダンスのパートナーとなった彼は、ロレンターナ侯爵の次男で、セインのアカデミー時代の後輩でもある。

シャンドリアンはオメガというだけではなく、魔法力も高く、妃になれば国の貧困問題やたびたび起こる自然災害からの復興などで力になるだろうと言われていた。王国への貢献度がかなり期待されていることから、貴族の間では花嫁の最有力候補だと囁かれている。

「それはあくまでも根拠《こんきょ》のない噂だ。今はまだ王太子妃候補の一人というだけだ。セインの妃は王太子妃であり、やがて王妃となる。厳格《げんかく》な審査をして、王太子妃候補者の中から素養のある者を選ぶ予定だ」

セインはアルファであるので、妃の候補者は全バースが対象となる。オメガであれば男性でも可能であった。

「五名ほど既に候補に挙がっているが、まだアカデミーを卒業していない候補者も含まれている。もしアカデミー在学中の候補者が妃に選ばれた場合、セインの結婚式はその者のアカデミー卒業を待って挙げることになる。その妃の選定に、リシェル、お前も協力をするように。お前が黄金のオメガである限り、セインのつがいの選定にも大きく関わってくる」

「……はい」

黄金のオメガは、その力が強ければ強いほど、比例して強いアルファを産むとされていた。強いアルファは国を繁栄に導く。普段は国王の子供から選ばれる王太子であるが、黄金のオメガの子供は、国王の実子よりもアルファの潜在能力が高い場合が多く、例外的に王太子候補にされた。そのため、王妃が産んだ子供が王になれないことが多々あるのだ。

例えば今回の場合であれば、次期国王のセインの子供ではなく、リシェルの子供が王太子になる可能性が高いということだ。

そこをきちんと理解してくれる王妃でないと、国が乱れるとされていた。

「憂《うれ》いを残すことは、僕も望んでおりません。王妃の選定にできる限り協力させていただきます」

「一気に王宮がばたばたするな。子供があっという間に大人になって私の手から離れていってしまうようで、少し寂しいものだな」

「父上……」

「だが慶事《けいじ》だ。良きことだ」

良きこと……。

「そうですね」

リシェルはそう信じて前に進むしかなかった。

＊＊＊

「勝者、クライヴ・カディス・デートリッヒ卿《きょう》！」

審判の声に周囲が沸いた。

ここは王宮内にある近衛騎士団内の演武場だ。

クライヴは魔法騎士であることを示す、黒の軍服に金の肩章、そして肩から腰に掛けて魔法師のみに許される金糸の刺繍で精霊の祝福の文字が縫《ぬ》い付《つ》けられている濃紺のサッシュを身に付けていた。マントも黒で、中央にはカミール王国の薔薇の紋章が刺繍されている。

クライヴの所属する魔法騎士団は、近衛騎士団内にあり、剣の腕だけでなく上級魔法も扱えるエリート騎士集団であった。近衛騎士が赤と白の軍服なこともあり、数少ないエリート騎士の魔法騎士の黒の軍服はかなり目立つ。

「なあ、クライヴの奴《ヤツ》、少し機嫌が悪くないか？　何かあったのか？」

近衛騎士団に入団して二年目、そして魔法騎士団に配属されてから三か月目にしかならないクライヴが、次々と騎士団の猛者を負かしているのはよくあることなのだが、今日は顔が怖い。

「知らないよ、本人に聞いたらどうだ？」

「うわ、本人に聞くって……あんな状態の奴に聞くなんて、俺、まだ死にたくない」

そんなことをこそこそと話している同期の仲のいい騎士たちを、クライヴはちらりと見る。目が合った彼らはバツが悪いと言った風にそそくさと視線を逸《そ》らした。

今日は魔法を使わない形式の、魔法騎士を含む近衛騎士団全員での模擬《もぎ》試合だった。

今しがたクライヴが試合で負かした相手は、以前リシェルのことを悪く言った騎士だ。リシェルがオメガに覚醒したことで、下品なことを口にしたのだ。

冗談半分だったにしても許せず、それを耳にした日から、クライヴは絶対、この男を叩きのめしてやると決めていた。

「ははっ、容赦《ようしゃ》ないな、デートリッヒ卿。私も君から恨《うら》みを買わないように気を付けないとな。さもないと恐ろしい形相《ぎょうそう》で襲われそうだ」

クライヴが演武場の脇のベンチに座って汗を拭《ふ》いていると、魔法騎士団、第一部隊のハリス隊長が楽しそうに小声で話しかけてきた。彼はどうやらクライヴが私怨《しえん》で相手を打ち負かしたことに気付いているようだ。

「見逃してください。隊長」

「さあ、どうしようかな……」

年齢は五歳ほど違うのだが、少し子供っぽいというか、人が悪いところがあって、いつもクライヴで遊んでいる気がしてならない。

隊長は隊長で、クライヴの腕がいいために騎士団で浮いた存在になりそうだったのを、彼なりに気を遣って接してくれているのかもしれないが。

「じゃあ、今度、君の親友のリシェル殿下の髪の毛を一本、もら……」

「却下《きゃっか》です」

即答だ。

「ええ〜。あんなに綺麗な金の髪、絶対何かご利益《りやく》があるぞ」

「そういう意味不明なことを言わないでください。隊長の威信《いしん》が地に落ちますよ」

「部下が冷たい」

冗談なのか本気なのか、そんなことを言っていじけた振りをする隊長に思わず呆《あき》れた視線を送っていると、横から声を掛けられた。

「デートリッヒ卿、今度は私と手合わせ願いたい」

「え？」

顔を向けると銀髪が目に入る。そこには一年先輩の近衛騎士団の一人、フィリップ・レス・オーウェン伯爵令息が立っていた。

「オーウェン卿……」

「休憩《きゅうけい》が済んだら、来てくれ」

「はい」

オーウェンはクライヴの返事を聞くと踵《きびす》を返し、去っていった。

「ここは実力主義だ。先輩後輩など関係なく、試合をしろ。我ら魔法騎士団は魔法を使わなくとも強いと示してやれ」

いつもいい加減そうな雰囲気を持った隊長が、鋭い気配を伴《ともな》って話し掛けてくる。

「承知しました」

クライヴははっきりと答えた。近衛騎士団の中には、魔法騎士団を自分たちより格上だと認めていない者もいる。魔法が使えるから強く見えるだけだと思っているのだ。だからこそ隊長も模擬試合であろうとも、魔法騎士が近衛騎士に無様に負けることを良しとしなかった。

だが、クライヴにとって、オーウェンに負けるわけにはいかない理由がもう一つある。

リシェルのことだ。

オーウェンは伯爵令息のアルファで、先日リシェルのつがい候補に名乗りを上げたと、クライヴにわざわざ宣戦布告をしてきた男なのだ。

本来、特別選定会に誰が立候補したかは非公開とされていた。後日選ばれなかった貴族が、社交界で不利益を被《こうむ》らないようにという配慮からだ。『黄金のオメガに選ばれなかったアルファ』という不名誉は、プライドの高い貴族にとって隠すべき事柄《ことがら》の一つだった。

それにもかかわらず、オーウェンはクライヴに伝えてきたのだ。余程《よほど》自信があるに違いなかった。だが、クライヴとしてはそんな男に負ける訳にはいかない。

リシェルを守り、愛したい――。

ずっと好きだった。リシェルに何度告白しようと決意し、そして自分の立場を考え思い留まったか。

遠縁であったデートリッヒ公爵の養子に入った自分が、自由に恋をする訳にはいかなかった。

跡取りなのだ。たとえリシェルがどんなバースになろうとも、その気持ちは変わらないが、リシェルがオメガにならない限り、彼に愛を告げる資格もないと思っていた。

そんな時、リシェルがオメガに覚醒したという知らせが入ったのだ。義父から結婚するよう脅迫をされたが、もとより脅迫などされなくとも、リシェルに結婚を申し込むつもりだった。

だが、運命はそう甘くはないと知ることになる。

舞踏会の日、リシェルのほうからつがいにならないかと打診が来たのだ。舞い上がるほど嬉しかった。だが彼によると、どうせつがいを選ばなければならないのなら、まったく知らない貴族よりは親友のほうがいいとのことだった。

『親友の君がいい。君となら楽しく人生を過ごしていける気がする――』

鋭い言葉の刃《やいば》に心臓が止まるかと思った。耐えがたい痛みと悲しみに襲われる。

リシェルにとって、自分は愛する対象ではなく、『親友』であることを思い知らされた。

こんなにも愛しているというのに――。

しかし、リシェルの信頼を裏切ってまで、その想いを押し通すことはできなかった。彼が笑顔で傍にいてくれるためには、自分の狂おしい衝動《しょうどう》をこれからも抑《おさ》え込《こ》んで生きていかなければならない。

それに――。

オリヴィア――。

アカデミー時代にベータに覚醒し、リシェルの妃候補から外れても尚、リシェルのことを愛していた女性だ。

彼女はその恋心を隠しているつもりだったようだが、同じリシェルを愛する者として、クライヴは彼女の気持ちに早くから気付いていた。

それは彼女も同じだったらしく、クライヴのリシェルへの恋情を勘付《かんづ》いており、よくクライヴがリシェルと何かをしようとすると、すかさず邪魔をしてきたのは覚えている。

もう過去の話かと思っていたが、先日の舞踏会でリシェルと二人きりで親しげに話していたのを見てしまい、今も尚、オリヴィアはリシェルを愛しているのだと気付いてしまった。

では、リシェルは？　リシェルはオリヴィアが好きだったのか——？

彼はオリヴィアにハンカチーフを渡して慰《なぐさ》めていたが、その様子はまるで恋人同士のようにも見えた。

リシェルが立場上、昔から自由に恋愛ができないのは知っている。オリヴィアがベータに覚醒したために、リシェルは彼女と結婚する可能性をなくした。それに対して当時、彼は何も言っていなかったが、実際、その心はどうだったのか、今になって気になって仕方がない。

いや、卒業記念パーティーの時にリシェルは言っていたではないか。

『ここだけの話、オリヴィアと結婚できたらよかったと思っている』

確か、二人の共通の友人であるオリヴィアと結婚したら、これからも一緒にいられるから、みたいなことを言っていた。その言葉に気持ちが浮き立ったのを覚えている。

だが、あの言葉が未練から出ていた言葉だったら——？

もしかして今も彼女と結婚できないことを悔《く》やんでいたとしたら——？

だから『恋心』を彼女へ捧げたまま、クライヴにはわざわざ『親友』と強調してつがいの契約を持ちかけてきたのだろうか。

「くっ……」

刹那《せつな》、心臓が嫉妬《しっと》で燃え尽きそうになった。

自分でも信じられないほどの妬みが腹の底から沸き起こり、理性が大きく揺さぶられる。

理性があるほうだと思っていたのに、リシェルのことになると大海の小舟のように翻弄《ほんろう》され、理性が海の藻屑《もくず》へと消え入りそうになった。

愛している。だから、それでもいい——。

クライヴは拳をきつく握りしめ、ベンチから立ち上がった。

リシェルが幸せであれば、それでいい。私にとってそれが幸せなのだから。

だが、リシェルを他人に奪われたくない。奪われてなるものか——。

「行ってきます、隊長」

「ああ、勝ってこいよ」

その声にクライヴの軍靴《ぐんか》が音を立てた。

演武場の中央でクライヴはオーウェンと向かい合って立った。人が傷つかないように細工がしてある模擬剣を腰から抜き、剣先を膝下ほどの高さに下げ、相手の剣先と二度触れ合わせる。キン、キンと音がし、クライヴはそのまま剣を自分の顔の前に真っ直ぐ掲げた。

「始めっ！」

審判の声と同時に剣を勢いよく振り下ろす。ビシッという風を切る音が演武場に響いた。

「はあっ！」

オーウェンはまずはクライヴの剣を払いのけ、一歩踏み込む。クライヴはそれを器用に躱《かわ》して彼の胸元に剣を突き立てた。

「くっ……」

オーウェンはぎりぎりのところを避け、その反動で体勢を崩しながらも前へと向かってくる。

遅いっ！

クライヴはすぐにその剣を払った。

剣を力任せに振るっていては、余程体幹が優れていなければ体勢を崩しやすい。体勢が崩れると剣にも力が込められず、簡単に払い除《の》けられるのだ。

「っ！」

オーウェンが息を呑《の》むのが伝わってきた。剣を払い除けられるとは思っていなかったようだった。その証拠に悔しそうに睨まれる。

「くそっ」

彼の剣がクライヴを狙って振り下ろされる。クライヴはひょいと身を低くすると、その剣を避けて低い姿勢のまま、オーウェンの懐《ふところ》に入り込み、下から思いきり彼の剣を振り払った。だが、

な……！

彼の剣には魔法が掛けられていた。もちろん反則だ。クライヴが彼の剣を振り払うと、ビリビリとした痺《しび》れが伝わってきて、クライヴのほうが剣を落としそうになった。

「……魔法か」

オーウェンを睨む。すると彼の口元に僅かに笑みが浮かんだ。

近衛騎士団の中には確かに魔法を使える騎士もいる。だが魔法騎士になれるほどの魔法力ではないので、魔法騎士団には入団できないのだ。

「フン」

オーウェンは軽く鼻を鳴らすとすぐにクライヴに向かって剣を振り下ろしてきた。その剣を真正面から受け止める。

「くっ」

ズンと剣が重くなる。魔法が掛かっている証拠だ。

「オーウェン卿、違反をするとは、いい度胸ですね。この魔法、貴公は秘密裏に使っているかもしれませんが、我々の隊長なら気付いていますよ。後でしっかり上官に叱《しか》られてください」

「なにっ！」

「あと、残念ですが、これくらいの魔法、どうにでもなります」

クライヴは受け止めていた彼の剣を思いっきり撥《は》ね退《の》けた。

「うわっ」

「脇が甘い！」

クライヴはすぐさまオーウェンが持っていた剣をもう一度振り払う。刹那、鋭い金属音が響いたかと思うと、今度こそ彼の剣は空高く舞い上がった。そして鋭い剣先から地面に突き刺さる。それと同時にクライヴはオーウェンの喉元に自分の剣先を突き付けた。

「くっ……」

オーウェンの表情が歪む。

「勝者、クライヴ・カディス・デートリッヒ卿！」

審判の声が高らかに演武場に響き渡った。その声に引きずられるようにして、オーウェンが地面に座り込む。引っ張り上げて立ち上がらせてもよかったが、手を貸したくなかったので、クライヴはそのまま彼を見据《みす》えていた。するとオーウェンが表情を歪ませながらふらふらと立ち上がる。

「デートリッヒ卿、今回の模擬試合には負けましたが、リシェル殿下のつがい選定会では勝ってみせますよ」

どうしてそんなに自信があるのかと問いたくなったが、ふと挑発かもしれないことに気付く。ここで彼の口車に乗せられて騒動を起こしたら、クライヴ自身も処分されてしまう。そうなるとリシェルに迷惑がかかるのは必至だった。

「……それはリシェル殿下が選ばれることで、私たちが決めることではありません」

クライヴは表情をできる限り押し殺して、オーウェンに答える。しかしオーウェンは取り繕《つくろ》ったような笑みを張り付けて言葉を続けた。傍から見たら、試合が終わった後にお互いに健闘《けんとう》を称《たた》えているように映《うつ》るかもしれない。

「デートリッヒ卿は殿下のアカデミー時代の友人と聞いていますが、また機会がありましたら、当時のことを詳《くわ》しく教えていただきたいものですね」

「残念ながら、お聞かせするほどのことは何もありません。では、失礼いたします」

クライヴはそれ以上彼に構うことなく、踵を返す。アカデミー時代の大切な思い出を、何も共有していない人間に利用されたくなかった。

＊＊＊

リシェルのことは、アカデミーに入学した時から知っていた。彼は王子でもあったので、アカデミーでは目立つ存在だったのだ。一年目は彼を遠くから目にするだけだった。いつも友人らに囲まれて楽しそうにしていたのを覚えている。

一方、入学当初のクライヴは義父のデートリッヒ公爵からのプレッシャーもあり、良い成績をアカデミーで収めることに精いっぱいだった。良い成績がとれれば、自分の存在を公爵に認めてもらえるし、生家への手当もよくなるのだ。

だからもし成績が下がって、下から数えるほうが早いような順位になったらと思うと、不安で夜も寝られないこともあった。

公爵に見切りをつけられ、家族を救えなくなったらどうしようか――。

当時十四歳だったクライヴには、非常に重い問題だった。

二年目になって、リシェルと同じ授業を受けることが多くなり、彼と話す機会を得た。リシェルもクライヴのことを以前から知ってくれており、すぐに親しい友人の一人となった。

しかしリシェルと親しくなって、彼がいつも楽しそうに笑っているという認識が間違っていたのに気付くことになる。

彼自身もクライヴと同じで、王子である責任から、成績や生活態度までトップクラスを維持《いじ》しないとならないというプレッシャーの中で生きていた。

「王子として皆の期待に応えられる人間でいられるか、不安で堪《たま》らないよ」

「リシェルだけじゃないよ。私も不安で夜寝られない時がある」

クライヴがそう言ってやると、リシェルは一瞬目を見開き、くしゃりと笑う。

「はは……そうか、一緒だね。なんだかクライヴに親近感が湧くよ」

授業が終わった後、リシェルと二人、夕陽の差す教室で先生に呼ばれた同級生を待ちながら、他愛《たわい》もない話をしていた。公爵家に養子に出されてから、こんなにゆったりとした気持ちになれたのは初めてかもしれない。

「お互い、不安の中で足掻《あが》いているんだよな……でもよかった」

リシェルが窓へと視線を移し、独《ひと》り言《ごと》のように呟いた。

「よかった？」

「うん、自分一人だけが足掻いているんじゃなくて。みんな一緒なんだと思えたら、ちょっと気持ちが楽になったよ。あ、クライヴにこんなこと言ったら、失礼になるよな」

夕陽にリシェルの金の髪が照らされ、きらきらと宝石のように輝いている。

美しいと思った。

見た目だけの話ではない。彼の纏う気、彼の心根、すべてが美しく綺麗だと思った。

「クライヴ、知ってる？」

リシェルに見惚れていたところにいきなり声を掛けられたので、反応が遅くなる。

「……あ、ああ、なに？」

「不安って妄想《もうそう》なんだよ」

「え？」

突然のことで意味がわからなかった。

「不安って自分が作り上げた妄想。まったく事実でもないし、来るべき未来でもない。そんな架空《かくう》のものに振り回されているって思うと、莫迦《ばか》らしくなってこないか？」

言われたらその通りだ。ああだったらどうしよう、こうだったらどうしようと、自分で勝手に未来を想像し、負の要素を作り上げている節がある。実際起こってもいないことなのに。

「でもさ、さすがに自分が考えた妄想だから、自分の弱点というか、嫌なところを的確に突いてくるんだよな。お陰で想像の産物だとわかっていても、圧《お》し潰《つぶ》されそうになることも多々ある。たかが自分が作り出した妄想なのに。はぁ……本当に嫌になるよ。でもだからこそ、そんなデタラメに負けて不安に陥《おちい》っていたら莫迦みたいだと思わないか？」

「リシェル……」

「だから、不安になった時、自分にこれは妄想だ。本当に起こることじゃないって言い聞かせるようにしているんだ」

彼のエメラルドグリーンの瞳が窓の景色からクライヴに向けられる。途端、その瞳に吸い込まれそうな錯覚《さっかく》に陥った。

「まあ、でもなかなかうまくいかないんだけどね。だけどそうやって自分に言い聞かせているうちに、いつか不安に打ち勝てるんじゃないかなって思ってる」

そんなことを笑顔で話すリシェルは、きっとクライヴには想像ができないような不安と戦っているのだろう。王子という立場は多くの特権も与えられているかもしれないが、自由もなく有事にはそれ相応の犠牲《ぎせい》を払い、責務を果たさないとならないのだ。

「君なら勝てるさ、リシェル」

彼を守りたい――。

ふと、そんなことを強く思った。

クライヴ自身もまた、多くのことで不安と対峙《たいじ》している。その最たるものが、王国の四大公爵家の一つ、デートリッヒ公爵家を引き継げるだけの能力を身に付けられるかどうかということだ。

四大公爵のうち、武官であるのはクライヴのデートリッヒ公爵家とフォンターナ公爵家だった。このどちらかの家門が、その時の状況により右大臣家となり、国王の隣の席を用意されるのだ。ちなみに他の公爵家、サスベール公爵家とダンデ公爵家は、文官の家門でいずれかが左大臣職を賜《たまわ》る。

クライヴは義父と同じく右大臣のポストにも就けるだけの能力を手に入れなければならない。そのプレッシャーで不安に苛《さいな》まれる毎日であるが、それが養子として受け入れられた時に生まれた義務だとも思っていた。

だが、そういった不安も、リシェルとお互いに励《はげ》まし合《あ》っていけば、乗り越えられるような気がした。不安にとり憑《つ》かれそうになっても、きっとそれはただの妄想にすぎないと気付かせてくれる。

「私も自分の妄想に負けていては駄目だな」

「ああ、クライヴ、君もそんな莫迦らしい妄想に負けるな。まあ、負けている僕が言っても、励ましにならないかもしれないけど……ははっ」

恋かもしれない――。

クライヴの心臓が大きく爆ぜた。もっと近くで彼の笑顔を見ていたいという衝動に駆られる。

「リシェル、ありがとう」

クライヴのその声に、リシェルは「改めて言われると照れるよ」と言いながら花が綻《ほころ》ぶように笑った。

＊＊＊

たぶんあの時のリシェルの笑顔に完全に心を奪われたに違いない。それからずっと片恋を引《ひ》き摺《ず》っているが、別に報《むく》われたいとも思っていなかった。もとより王子とは身分違いの恋だと諦めていたからだ。

そんな時、リシェルがオメガに覚醒し、アルファとして彼のつがいになれる機会を得て、欲が生まれた。

もしかして彼に愛を請うことができるかもしれない――。

だが、リシェルの想いはクライヴとは大きく違っていた。

『親友の君がいい。君となら楽しく人生を過ごしていける気がする――』

『親友』。リシェルの言葉と共に、クライヴは自分が彼の恋愛対象ではないことを思い知らされる。リシェルの心にはオリヴィアがいるに違いなかった。

だが、それでもクライヴはリシェルの思う通りにしてやりたかった。自分の想いなどどうでもいいくらい、リシェルを笑顔にしたかったのだ。

そして二週間後、クライヴは選定会によって第三王子リシェルのつがいとして正式に選ばれたのだった。

◆　Ⅳ　◆

十か月後――五月。

真っ白な六頭立ての馬車が大聖堂の前に停まる。

リシェルは馬車の窓から大聖堂を見上げた。晴れやかな青い空に、大聖堂の尖塔《せんとう》が無数に高く伸びている。

それぞれの尖塔の先にこの大陸の守護神とされる神々が立っているのが見えた。そのまま視線を落とすと、馬車から大聖堂まで長く赤い絨毯《じゅうたん》が敷かれており、そこにはクライヴが普段は着ないであろう真っ白な礼服に身を包み、こちらを見て立っている。マントも豪奢な金の刺繍が入ったもので、陽の光に当たってきらきらと輝いていた。

黒く艶《つや》やかな髪は軽く撫《な》でつけられ、彼の秀《ひい》でた額を露《あら》わにし、リシェルの心を無用にときめかせる。そんなリシェルにお構いなく、彼の鋭く青い瞳は理知的な光を灯し、リシェルをじっと見つめてきた。心臓に悪い。

「リシェル殿下、足元にお気をつけください」

従者の声と共に馬車のドアが開かれた。ドアの前で待機していた神官がリシェルの前で頭を垂れると、神官の背後に控えていたクライヴが一歩前に出て、馬車から下りようとしていたリシェルに手を差し伸べる。リシェルがその手を取って、ゆっくりと馬車から下りた途端、辺りから大きな歓声が起こった。

その歓声に驚いてか、コバルトブルーに輝く空に、白い鳩の群れが羽音を立てて飛び立っていく。

今日は第三王子リシェルとデートリッヒ公爵令息、クライヴの結婚式が行われるので、一目、麗《うるわ》しき二人を見ようと多くの民衆が押し掛けていた。

「素敵だわ、リシェル殿下」

「私もアルファだったら、絶対つがいに申し込んだのに……」

「貴族じゃないと無理よ」

「うう……残念」

女性たちの声がちらほらとリシェルの耳に届き、ついクライヴと目を合わせて笑ってしまう。

だが、それとは別の声もちらほら聞こえてきた。

「これでカミール王国の貴族内の権力は、デートリッヒ公爵家に傾くな」

「姑息《こそく》な手を使ったものだ」

リシェルはその声を耳にし、クライヴをちらりと見上げた。クライヴも聞こえているはずなのに、表情は笑顔のままだ。

「クライヴ……」

「大丈夫だ。今のように言われるのは想定内だ。確かにその通りだしな。だが我がデートリッヒ公爵家が栄えれば、それだけ王国に反抗的な貴族を排除することができる。私はリシェルのつがいだ。リシェルを、そして王国を裏切るような権力の使い方はしないから安心してくれ。それよりも、リシェル、笑顔だよ。笑顔。笑顔を見せて、私達がいかに幸せな伴侶であるか、ここに来ている民衆に見せびらかそう」

「見せびらかすって……」

リシェルがくすっと笑うと、クライヴも顔をくしゃりとして笑った。そしてしばし笑い合った後、クライヴが真剣な顔をして囁いた。

「綺麗だ、リシェル」

「……衣装が、だろう」

つい照れてそんなことを口にしてしまう。

リシェルの結婚衣装は、黄金の刺繍と細かなクリスタルビーズがちりばめられた純白の礼服で、リシェルの美貌《びぼう》をより美しく映えさせていた。

「リシェル殿下、おめでとうございます！」

「ご結婚、おめでとうございます！」

観衆からの声に軽く手を振って、クライヴへと視線を移す。

「クライヴ……」

目の前に立っていたクライヴに声を掛けると、彼が小さく頷いて掴んでいた手をきゅっと握ってくれた。リシェルの胸の鼓動が大きく爆ぜる。

とうとう彼と結婚をするんだ……。

「リシェル、緊張しているのか？」

「ああ、さすがに結婚式だからな。緊張する」

「私も一緒だ。緊張している」

クライヴが笑って、リシェルの手を更に強く握った。

「リシェル、この緊張も、そしてこれから起こるだろうすべてのことも、二人で一緒に乗り越えていこう」

「ああ」

リシェルも強くクライヴの手を握り返した。そして歓声が上がる中、二人は大聖堂へと歩く。

一歩中へ入ると、空気の温度がふっと下がるのを感じた。高い天井に、パイプオルガンの音色が荘厳《そうごん》に響く。赤いカーペットを挟《はさ》んで両脇の席には、大勢の招待客が座っていた。

正面奥の祭壇《さいだん》の上部には大きな薔薇窓があり、見事なステンドグラスが嵌《は》まっている。そしてそのステンドグラスの窓を背にして、一段高くなったところに国王が立っていた。

カミール王国では、貴族及びそれに準ずる者の結婚式は、国王もしくは国王の代理である大司教が立ち会うことになっている。王族の結婚の場合、国王自らが立ち会うことは珍しくなかった。

赤いカーペットを、ゆっくりと二人で進む。そして国王の足元近くまで進むと、そのまま跪《ひざまず》いた。

「我、クライヴ・カディス・デートリッヒは本日、王国の宝石、リシェル・グラン・ローデライト王子との結婚を、大陸の神々、精霊、聖人に願いに参りました」

しんと静まり返った聖堂にクライヴの声が響く。リシェルはクライヴの隣で頭《こうべ》を垂《た》れたままでいた。結婚の誓願《せいがん》はアルファの役目とされているからだ。

「我、カミール王国、第六十七代国王、クロード・グラン・ローデライトは、クライヴ・カディス・デートリッヒ、並びにリシェル・グラン・ローデライトの婚姻の願いを大陸の神々、精霊、聖人と共に、受け入れる儀式をすることを、ここに宣言する」

国王の声に招待客らが音もなく立ち上がった。国王はその様子を確認し、威厳《いげん》ある声でクライヴとリシェルに立つのを促《うなが》す。

「さあ、二人とも立ちなさい」

立ち上がった二人の目の前には、指輪が載った台が置かれている。細いプラチナの指輪は、騎士であるクライヴの任務の邪魔にならないよう仕上げたものだ。ただ指輪には神々の加護の魔法が掛けられており、ちょっとした貴族の邸宅なら一棟《ひとむね》買えるほどの価値があるものだった。

さらに指輪には古代文字で呪文が彫られており、こちらは二人に永遠の祝福の加護が与えられるものとなっているらしい。

「二人を祝福へと繋《つな》げる指輪の交換を――」

クライヴがそっと指輪をリシェルの指に嵌めた。するりと入った指輪は、まるで昔から身に着けているような感じがするほど、リシェルに馴染んだ。

思わずじっとその指輪を見つめてしまう。彼の心が伴《ともな》っていないとしても、こうやってクライヴから指輪を嵌めてもらえる運命に出会えたことに感謝するしかなかった。

この指輪は一生、大切にする――。

胸がじんと熱くなる。するとクライヴが小声で話しかけてきた。

「リシェル、私にも指輪を」

「あ……」

つい感動して、自分の役目を忘れそうだった。リシェルは、すぐに指輪を受け取ると、クライヴの指に嵌める。彼もまたこれ以上にないくらい幸せな笑みを零した。

「大陸の神々、精霊、聖人の御名《みな》において宣誓を」

指輪の交換が無事に行われたことを確認し、国王が声を上げる。その声に、クライヴが洗練された動きでリシェルの前に跪いた。その気品溢れるスマートな動作に、招待客から感嘆の溜息が零れる。リシェル自身もあまりのかっこよさに胸をときめかせてしまった。

「我、クライヴ・カディス・デートリッヒは、汝《なんじ》、リシェル・グラン・ローデライトを心より求める」

クライヴはその澄んだ青い瞳でリシェルを見つめると、リシェルの手を取り、その指先にキスをした。

「汝を慈《いつく》しみ」

続けて手の甲に唇を滑《すべ》らせ、そして手首に口づけする。

「敬愛し、共にいることを赦《ゆる》し給《たま》え」

密《ひそ》かに愛するクライヴからの求愛に、リシェルの躰が愛《いと》しさと恥ずかしさで震えてきた。きっと顔は真っ赤になっているに違いない。だが、頑張って震える声で応えた。

「……わ、我、リシェル・グラン・ローデライトは、汝、クライヴ・カディス・デートリッヒの望みを赦します」

リシェルが一言告げると、クライヴは愛おしそうに双眸を細めた。彼に本当に愛されているような錯覚を抱く。

違う、勘違いしたら駄目だ――。

リシェルは冷静さを取り戻そうと、心の中で『落ち着け、落ち着け』と呪文のように繰り返した。そんなリシェルの動揺をよそに、クライヴは立ち上がり、今度はリシェルの瞼《まぶた》へキスをし、続けて頬、耳と順番に口づけをする。

「順境においても逆境においても、この命消える間際まで、汝を真摯《しんし》に愛し、守ることを大陸の神々、精霊、聖人の御前《おんまえ》にて誓う。どうか我に祝福を――」

彼の瞳が真っ直ぐ真摯にリシェルを貫く。リシェルは心臓の音を煩《うるさ》く感じながらクライヴの額にふわりと祝福のキスをした。

「大陸の神々、精霊、聖人からの祝福を、愛する汝に与えん」

そしてすぐにクライヴの胸元に唇を寄せて呟く。

「これは我が汝への愛を示す徴《しるし》」

続いてクライヴもリシェルの胸元にキスをし、同じく囁いた。

「これは我が汝への愛を示す徴」

二人の視線がかち合う。本来ならこのあと、唇へのキスなのだが、公爵に命令されて仕方なくリシェルと結婚するクライヴに、唇にキスをさせるのは申し訳なく思った。

どうしたら……。

「リシェル」

リシェルが迷い躊躇《ちゅうちょ》していると、クライヴに名前を呼ばれる。視線を向けると後頭部に手を回され、そのまま口づけされた。

なっ……！

突然のことでどうしていいかわからず、おたおたしていると、国王の声が大聖堂に響き渡った。

「ここに二人が大陸の神々、精霊、聖人に祝福され、無事に婚姻を果たしたことを宣誓する」

一斉《いっせい》に拍手が沸き起こった。だがクライヴはまだリシェルを口づけから解放してくれず、拍手が鳴り響く中、ずっとキスをし続けた。

後で熱烈な結婚式だったと、周囲の人から冷やかされたのは言うまでもない。


挙式後に催《もよお》される披露宴を兼ねた舞踏会を、深夜になって退場してきたリシェルは、寝室へと戻っていた。

今日からリシェルの部屋は王宮内でも、別棟に移された。黄金のオメガは婚姻後も王宮内での居住が絶対とされているのだ。そのため、クライヴとリシェルの新居として王宮の敷地内に離宮が与えられていた。

未だクライヴは近衛騎士団の同僚に捕まっているようで、リシェルは先に侍従長に促され退出し、今、新婚用の寝室でクライヴの帰りを待っていた。

黄金のオメガの披露宴ということで、舞踏会は三日三晩続けられる。新婚である二人は昼間に限り、頻繁《ひんぱん》に顔を出すことが義務となっていた。その代わり夜は新婚である二人のためのものとされているのだ。

そして夜――。

特に初夜には、招待客は新婚の二人を遅くまで引き留めてはならないという暗黙の了解がある。

『つがいの儀式』があるからだ。

つがいの儀式――通常は初夜の性交を意味するが、黄金のオメガの場合はそれだけではなかった。閨を共にすると、お互いの左胸に王国の紋章でもある『赤い薔薇』の聖痕が現れる。それで二人が晴れて『つがい』となったことを証明するのだ。そしてその聖痕を、初夜の翌日に国王に見せて知らせなければならなかった。

さすがに親友のクライヴとまぐわう覚悟はできていない。いつかはそういう関係にならないといけないことはわかっているが、彼に対する罪悪感がリシェルの胸に燻《くすぶ》っており、今夜はとてもではないが無理だった。それにクライヴもいくら義父からの命令だとしても、リシェルを抱くには抵抗があるだろう。

リシェルはベッドの下に隠してあった小箱を取り出す。蓋を開けると大きめの印判が入っていた。

薔薇の紋章の印判だ。職人に使い道を伝えず作らせたものだった。これに顔料をつけて胸に押せば、聖痕のように見せることができるはずだ。ただ、父の目をごまかせるかどうかとなると、非常に微妙なところであった。

「微妙であっても、これで胸に徴をつけるしかないよな……」

あとはクライヴの協力もいる――。

「上手くやれるか……。いや、上手くやらなければならない」

リシェルが膝の上で小箱を握り締めると、薬指に違和感が生まれる。結婚指輪だった。

あ……。

思わず指輪を見つめてしまう。徐々に胸が甘く痺れてきた。

結婚したんだ……。

途端、カッと顔が熱くなった。それに、先ほど湯で身を清めた後、従者から着せられた夜着は、新婚初夜らしく少し透け感のある布地で、リシェルの羞恥心を益々煽《あお》ってくる。

どうしよう。これでは本当に新婚のようだ……。

いや、新婚ではあるが、そうではない。クライヴは家族のためにリシェルと結婚したのだ。

だがその事実を知る人間は、この王宮にはいなかった。リシェルの侍従も含め、誰も知らない。

リシェル一人でこの秘密を胸に抱《かか》えていかなければならなかった。

この秘密に一人で耐えられるだろうか。いや、クライヴを手に入れられたんだ。耐えなければならない……。

指に嵌まった指輪を、もう片方の手でそっと撫でる。愛おしさと切なさがリシェルの胸を締め付けた。ふと寝室のドアがノックされる。

「リシェル、私だ。入るよ」

「あ……」

クライヴの声に情けなくも動揺してしまった。だが無情にもドアが開けられる。リシェルは小箱をシーツの上に置いた。

「クライヴ」

そこにはいつもよりも数倍も男の色香を纏ったクライヴが立っていた。

「遅くなってすまない。待ったか？」

リシェルはクライヴの質問に首を横に振る。どうやらクライヴはまったく酔《よ》ってはいないようだった。

彼がゆっくりと天蓋付《てんがいつ》きのベッドへと近づいてくると同時に、リシェルの鼓動も大きくなる。

彼がリシェルの隣に座っただけでリシェルは心臓がどうにかなりそうだった。

「リシェル」

「な、なに？」

いきなり名前を呼ばれてドキッとする。あたふたしていると、クライヴが小さく笑ってリシェルの手を取り、その腕にバングルを嵌めてくれた。

「これは？」

「魔法石を嵌め込んだバングルだ。結婚指輪とは別に、これを君に贈りたかったんだ」

バングルの中央に真紅の石が嵌め込んである。かなり質のいい魔法石であることは一目でわかった。

「魔法石って……しかもこの魔法石のレベル、かなり高価なものじゃないのか？」

そこそこの貴族の収入の一年分くらいのはずだ。

「リシェルのつがいになるんだ。これくらい贈らせてくれ。守護の魔法が掛けてある」

「守護の？」

「私がいないところでも君を守ってくれるように」

「ありがとう、クライヴ……」

緊張していた心がふんわりと温かくなる。

っ……、言わなきゃ。

「あ、あのな、クライヴ。今夜の儀式のことだけど、聖痕、この印判を使ったらどうだろう。ちょっと作ってみたんだ」

「印判？」

クライヴがシーツの上に置かれていた小箱に視線を移した。リシェルはその小箱を手にとって蓋を開け、中から印判を取り出す。

「明日の朝、聖痕の確認をされるから、これを押して偽装するのはどうかと思って……」

「偽装、するのか？」

どうしてか、クライヴから怒気を感じる。誠実な彼のことだ。人を騙《だま》すということが許せないのかもしれない。

「リシェル、君はこれで本当に陛下を騙せると？」

「……思っていない。でも、クライヴに無理強《じ》いするくらいなら、万が一の望みに懸《か》けようかと思って。失敗したら父上への謝罪は僕がする」

リシェルはこの結婚においての咎《とが》めはすべて自分が受けるつもりだった。それだけの覚悟をして、クライヴを手元にだけでも置きたいと思っている。他の誰のものにもなってほしくなかったという我儘《わがまま》を通したのだから。

リシェルが自分の決意を伝えるかのようにクライヴをじっと見つめていると、彼の眉間《みけん》に少し皺《しわ》が寄った。

「だがリシェル、君の発情はどうするんだ？　つがいを持たないオメガは三か月に一回、二週間の発情期がある。それをどうするつもりなんだ？」

「僕の発情期は来月、六月に来る予定で、まだ一か月近く余裕がある。だからとりあえず今日は大丈夫だ」

「大丈夫？　私がアルファのフェロモンを出しても無事でいられると思うのか？」

「え……」

一瞬、何故かクライヴが怖くなった。

「クライヴ……」

「あ……いや、すまない。君を怖がらせるつもりはなかった。だが、君が発情期を迎えれば、否応なしに私もオメガのフェロモンに反応する。それを防ぐためには隔離《かくり》しかないが、結婚しても発情期を別々に過ごすなんてことをしたら、それはそれで周囲に何を言われるかわかったものではないぞ」

「わかっている。その時は抑制剤を飲むつもりだ」

「アルファと一緒にいても発情しないという、抑制剤の中でも一番強い『斜陽《しゃよう》』か？」

クライヴの質問にリシェルは黙って頷いた。発情期を抑える薬は何種類かある。つがいがいないオメガには、アルファに近づかないことを前提に抑制剤が用意されるが、何らかの事情でどうしてもオメガと共に行動しなければならない時に限って使用される『斜陽』というものがあった。

その名の通り人生を斜陽に導くと言われる抑制剤で、使用者の命を削《けず》っていくものだ。

「それしかないから。君にできるだけ迷惑を掛けたくないんだ……」

すると、クライヴの瞳が悲しみの色に染まった。

「……リシェル、そんなに私のことが嫌いなのか？」

「嫌いって……嫌いなわけがないだろう。今も昔も君は僕の一番の親友だ」

そこは誤解されたくない。リシェルは強く訴《うった》えた。

「だったら、どうしてそんなに強く性交を避けようと思うんだ？」

「え？」

そんなことを聞かれて驚いてしまう。リシェルとしては、クライヴも初夜を回避したいと考えていると思っていたから、このクライヴの反応は予想外だった。

改めてクライヴの顔を見ると、驚くほど傷ついた表情を浮かべている。途端、リシェルの胸に罪悪感《ざいあくかん》が生まれた。

「あ……いや、君が嫌かと思って。ほら、いくら僕がオメガだと言っても男だし。親友同士では気まずいかと思って……」

「気まずいって……気まずいのは、その印判を使った偽の聖痕で人を騙すことじゃないのか？　しかも国王陛下を騙すんだぞ」

ごもっともなことを言われ、リシェルは背中に冷や汗が流れるような感じがする。

「た、確かに……」

「それともリシェルは私とそういうことをするのが、そんなに嫌なのかい？」

「嫌というわけじゃ……逆にクライヴはいいのか？　その……僕と……す、するなんて……」

「構わない。むしろリシェルでよかったと思っている」

「え……」

僕でよかったって、どういうこと？

「私たちはつがいになるんだ。そんなこといちいち気にしていたら、いいつがいになれないだろう?」

いいつがい……。

ついときめいてしまう。クライヴにそんなことを言われるとは思ってもいなかった。素直に嬉しいと感じる。

「リシェル……」

気付くとクライヴの顔がすぐ近くにあった。そのまま唇にキスをされる。

「んっ……」

「リシェル、絶対君を傷つけないと約束する。どうか私に任せてくれ」

「クライヴ……」

リシェルの声にクライヴは笑みを浮かべると、再び口づけをした。

＊＊＊

クライヴは次々と酒を酌みに来る近衛騎士団の同僚らに冷やかされながら、会場を後にした。

今夜からとうとうリシェルと二人で暮らす。いや正確に言うと、使用人も大勢いて二人きりになることはなかなかできないかもしれない。それでも『つがい』という最強のポジションを手に入れることができたのは奇跡だ。

だが今、リシェルからとんでもないことを提案されていた。リシェルが聖痕を偽装すると言うのだ。

「偽装、するのか?」

あまりの衝撃で言葉が震える。偽装ということは、リシェルはまったく『儀式』をするつもりはないということだ。

確かにリシェルからは親友だから一緒にいようみたいなことを言われた。そこに夜の営《いとな》みが入っていなかったと考えてもおかしくない。しかしいろいろ聞いてみると、リシェルの気遣いからの行動だったことがわかった。

「あ……いや、君が嫌かと思って。ほら、いくら僕がオメガだと言っても男だし。親友同士では気まずいかと思って……」

いつものリシェルらしくない言動だ。アカデミーでは学生総代として、立派に学内を取り仕切っていたことを思うと、新婚初夜の儀式にかなり動揺していることが窺《うかが》い知《し》れた。

……でも、ごめん、リシェル。今夜だけは君を逃すことはできない。君に触れられるのは、今夜が最初で最後かもしれないのだから——。

黄金のオメガは産む子供のバースとその能力を期待されるため、婚姻は子供を作ることが前提とされている。

だがクライヴは、リシェルが性交を厭《いと》うというのなら、彼が発情期から解放されるまでの関係にしようと決めていた。人によって違うが、一度から数度つがえば、オメガは発情期から解放される。リシェルを苦しい発情期から解放してやりたかった。

ただ黄金のオメガのつがいである証明、『聖痕』はどうしても手に入れたい。リシェルのつがいであることを公《おおやけ》にし、誰にも彼を奪われないようにできれば、クライヴにはそれで充分だった。

あとは国の期待を裏切っても、そして自分の恋心を犠牲にしても、リシェルの気持ちを優先したいと願っている。

「リシェル、絶対君を傷つけないと約束する。どうか私に任せてくれ」

ずっとアカデミーの時から恋焦《こ》がれて、それでも必死に諦めようとして、結局諦めきれなかったリシェル。優しく、大切に彼の熱をこの身に受け止めたかった。

「クライヴ……」

リシェルの声に頭の芯がくらくらするような気がしながら、吸い込まれるようにして彼の唇にキスを落とす。そしてそのまま男にしては華奢なリシェルの躰をベッドへとそっと押し倒した。

愛していると言いたい。だが、リシェルがあくまでも『親友』としてしか見ていないのなら、そんなことを言ったら困らせてしまうだろう。もしかしたら婚姻を解消されるかもしれない。

言葉で伝えられないなら、せめて態度だけでも彼に愛を伝えたい。

クライヴはリシェルの手を取ると、彼の指に嵌まった結婚指輪に唇を寄せ、心の中で永遠の愛と忠誠を誓った。

「クライヴ?」

リシェルが不安そうに下から見つめてくる。

「怖いか?　リシェル」

「怖くないと言えば嘘になるが、君が相手だから、優しくしてくれると思っている……」

「っ……私の理性を試すようなことを言うな」

「え?」

「いや、もういい。何を言っても私は君に敵わないからな」

クライヴはそう言うと、リシェルの頬にキスをした。そして瞼、目尻、いたるところに軽いキスを落とす。

「クライヴ……躰が……熱くなってきた」

「発情しているんだと思う。私がアルファのフェロモンを出しているからな。それに触発されているんだ」

説明してやると、リシェルが表情を歪めた。不安にさせてしまったようだ。クライヴはすぐに言葉を足した。

「大丈夫だ。私を信じろ」

「クライヴ……」

苦しげに名前を呼ばれ、クライヴは彼の唇を塞いだ。最初は軽いキスを。しかし次第にキスが深くなった。

「あ……だ、め……クラ……ヴ……激し……っ……い……」

キスの合間にリシェルから吐息混じりの声が零れ落ちる。それだけでもクライヴの欲望を刺激した。忙しなくリシェルの夜着に手を掛け、脱がせる。リシェルもまた震える手でクライヴの服を脱がし始めていた。そしてお互いに一糸纏わぬ姿になる。

「リシェル」

自分の躰から大量のアルファのフェロモンが溢れているのを自覚した。最愛のオメガを目の前にしているのだから、出すなと言われるほうが無理だ。

「クライヴ……卑怯だ。そんなにアルファのフェロモンを出す……なん……てっ……あ……」

「私は君のつがいだ。この躰の底から溢れるような力は、君が相手だからだ。許せ」

「もうっ……信じられな……いっ……あぁっ……」

クライヴはリシェルの少しだけ頭を擡《もた》げ始《はじ》めていた欲望をそっと手で握った。リシェルの体温がクライヴの手に直《じか》に伝わってくる。堪らず、そのままリシェルの下半身に舌を這《は》わせた。

途端、リシェルがびくびくっと震える。

「あっ……ふ……そんな……舐《な》め……るな……っ……んっ……はぁ……」

顔を真っ赤にして訴えてくるリシェルは、はっきり言って目の毒であった。そんな表情をしたら余計アルファを挑発するだけだと、追々《おいおい》教えていかなければならない。だが今はまず、リシェルを気持ちよくさせることが最優先だった。

竿《さお》の部分を歯と舌を使って軽く扱《しご》いてやると、彼の劣情《れつじょう》が大きく震える。リシェルが感じていることを確信し、クライヴは何度も舌を這わせた。そしてキャンディを舌で転がすようにリシェルの張り詰めた果実を口腔に含む。

「あっ……」

途端、リシェルの躰が陸に上がった魚のようにびくびくと痙攣《けいれん》した。一旦、下半身への愛撫を止《や》めて彼の顔を覗き込むと、リシェルの顔が真っ赤に染まっているのが目に入る。瞳も熱で潤《うる》み、どこかへ閉じ込めてしまいたくなるほど、綺麗で可愛かった。

「リシェル……」

愛しくて、愛しくて、堪《たま》らない——、この世でたった一人の最愛のつがい。

発情期がこれで治まれば、もう二度と抱けないかもしれない。だがたとえ今夜が最初で最後だったとしても、一生、彼を愛し抜くと誓う——。

リシェルの金の髪をそっと撫でる。刹那、クライヴの胸の内がリシェルへの愛おしさで膨《ふく》れ上《あ》がった。こんなにも好きになった人はリシェルしかいない。

リシェルの勃《た》ち上《あ》がった屹立《きつりつ》の先端に唇を寄せた。そのまま亀頭《きとう》の小さな孔を舌で愛撫《あいぶ》すると、再びリシェルが嬌声《きょうせい》を上げる。

「あっ……あぁ……」

リシェルには刺激が強すぎるかもしれないが、手を緩《ゆる》める気はなかった。

クライヴはゆっくりとリシェルに覆《おお》い被《かぶ》さる。リシェルのすらりとした体軀は滑《なめ》らかで、美しく輝くパールのような素肌に包まれていた。クライヴは躊躇《ためら》いながらもその張りのある肌に指を這わせた。その感触から、これが夢ではないことがわかる。

「クライヴ、そんなに……優しく触るな。恥ずかしくなってくる」

リシェルが視線を彷徨《さまよ》わせながらそんなことを言ってきた。その態度も相手を煽るとはまったく思ってもいないようだ。いや、リシェルならどんな態度であってもクライヴはそそられてしまうから、もうどうしようもない。

「ああ、すまない。君の肌はこんなに心地良いものなんだなと感銘《かんめい》を受けていた」

「な……何が感銘だ。変なことを言うな」

彼の吐息《といき》がクライヴの頬を掠《かす》める。我慢ができなかった。

「クライヴ……？」

「っ……」

リシェルの声に誘われるようにして情熱的な口づけをしてしまう。後でリシェルを怖がらせてしまうかもと思ったが、彼もまた拙《つたな》いながらも口づけに応えてくれた。その気遣いに胸を打たれる。

リシェル……愛している。

心の中で愛を誓い、先へと進む。リシェルを味わうために頬、そして顎《あご》、首筋と舌を這わせていくと同時に、指も彼の肌を堪能《たんのう》しながら頬から乳首《ちくび》へと移していった。まだ色づいていない彼の乳首を指の腹で挟《はさ》み、柔らかく揉《も》む。こりこりと芯を持つまで弄《いじ》っていると、リシェルが堪らないといった風に声を上げた。

「クライヴッ……どうしてそんなところばかりっ……あぁ……」

急にリシェルの躰がびくっと大きく跳ねた。乳首で感じたようだ。クライヴは弄っていないほうの乳首にそっとキスをした。そしてそのましゃぶり出す。

「クライヴ……っ……君、本当にクライヴか？　こんなこと……こんなことをするなんて……っ……あぁ……」

「私だよ、君に触れることができる、ただ一人のつがいだ。私以外に君にこんな風に触れる奴はいないし、そんな奴がいたら私が容赦しない」

そう言って、リシェルの乳頭《にゅうとう》を上からきゅうっと押し込んだ。途端、リシェルが背筋を逸《そ》らし、可愛らしい声で啼《な》いた。

「あぁあっ……ふ……あ……」

「ここで感じるんだな」

「あ……」

恥ずかしいのか、リシェルが顔を真っ赤にして視線を逸らす。その仕草が何とも可愛くて、今まで以上にリシェルが好きになってしまう。

「もっと触ってもいいか？」

「そんなこと聞く……な……クラ……イ……ふぁぁあっ……」

片方は指先で、もう片方は口でリシェルの乳首を愛撫する。彼の両乳首はぷくりと腫《は》れて赤い果実のようになっていた。そこに舌を這わせていると、リシェルと目が合う。にこりと笑うと、彼が赤くなって小刻みに震え、下半身を硬くしたのを、クライヴもまた下肢《かし》に当たるリシェルで感じた。

「君を気持ちよくしたいんだ。リシェル」

「うっ……」

芯を持った乳首を口に含む。リシェルの反応を見ながら、それを甘噛みしたり、軽く引っ張ったりした。

「んっ……あぁぁ……っ……」

乳首を弄られるたびに、リシェルから嬌声が零れ、クライヴの理性が翻弄《ほんろう》される。リシェルを傷つけたくない一心で理性を保ち、乳首を弄っていた指をゆっくりとリシェルの下半身へと滑らせた。甘い蜜《みつ》で彼の下肢が濡れているのがわかる。オメガは快感で『濡れる』のだ。

「リシェル、挿《い》れる準備をするよ」

「本気か……んっ……」

「ああ、本気だ。私たちはつがいだ。陛下だけでなく、誰も騙さないよう、本物のつがいになる」

「でも……そんなことをしたら、クライヴ、君……誰とも恋愛ができなくなる……。浮気したら不敬罪が適用されるかもしれないんだぞ……くっ……あ……」

「君と恋愛すればいい。浮気なんてする気もない」

そう言ってやると、リシェルが泣きそうな表情をした。

「っ……クライヴ。僕がオメガに覚醒したばかりに、君まで巻き込んでしまった……。君くらいのアルファならもっと相応《ふさわ》しい姫君だって娶れるはずだった……」

リシェルは罪悪感を抱いている。たぶん親友に無理をさせていると思っているのだろう。まったく違うというのに――。

ゆっくりとリシェルの気持ちを『親友』から『つがい』へと変えていけるよう尽力するしかない。せめて態度だけでも彼を愛していると伝えられるよう努力したかった。

「そんなことはない。もうそれ以上言うな。君のつがいになると決めたのは私の意思だ。君が罪悪感を持つ必要はない。将来、一緒に『王の閣議』に出ることが私たちの夢だろう？　それを叶えよう」

「クライヴ……」

リシェルの震える手がクライヴの背中に回る。

「ありがとう」

クライヴもそのままリシェルを抱き締めた。

「いいつがいになろう」

その声にリシェルが頷いてくれる。

「じゃあ、続けるぞ。傷つけないようにする。信用してくれ」

ゆっくりとリシェルの秘部へと指を滑らせる。そのまま慎《つつ》ましい蕾《つぼみ》を愛《め》でるようにそっと撫で上げた。

「んっ……」

「我慢しないで。声を聞かせて」

リシェルの様子を窺いながら、ゆっくりと秘孔《ひこう》に指を挿れる。最初は拒《こば》まれて指が押し返されるが、すぐに慣れて彼の中に指が入っていった。

「あぁ……ふっ……」

リシェルの声を注意深く聞きながら、どこが彼の感じる場所なのか探す。やがて少し凝《こご》りがある場所に気付き、そこを激しく擦《こす》ってやった。

「ああっ……あああっ……」

リシェルの背筋がぴんと伸びたかと思うと、まるで爪先《つまさき》からてっぺんまで雷で打たれたように小刻みに震えた。次第に彼の下肢からもクライヴの指に合わせて湿った音が聞こえ始める。

「な……あっ……ク、ライヴ……そういう音……出す……なっ……あ……っ……」

「しっかり濡《ぬ》れてくれないと、君が辛《つら》いんだ。それとも催淫剤《さいいんざい》とか使うか？」

「さ、催淫剤っ⁉ そんな淫《みだ》らなもの……使わない……あっ……」

顔を真っ赤にして訴えてくるリシェルがあまりにも可愛くて、クライヴはつい笑みを零してしまった。可愛くて堪らない。

「う……クライヴ。もしかして僕を莫迦にしているのか？」

どうやら誤解したようでリシェルが軽く睨んできた。美人なのに可愛いなんて、とんでもなく恐ろしい生き物だ。

「莫迦になんてしないよ。リシェルの尊《とうと》さが身に染みただけだ」

「……莫迦にしているだろう？」

「していない」

そう言ってチュッと音を立ててリシェルの唇にキスをする。

「……クライヴ、君、結構手練手管《てれんてくだ》の男だったんだな」

「なんだ、それ」

ベッドの上だというのに、今度は大きく笑ってしまった。

「君だって予想以上に私を翻弄してくるよ」

「それこそ、なんだよ、それ」

リシェルがムッとしているうちに、クライヴは愛撫を再開する。

「あっ……」

「指を二本に増やした。大丈夫そうだな」

「な……あぁ……大丈夫……じゃ、ないっ……」

リシェルの反論は聞いていない振りをして、指を三本に増やす。自分の指が彼の体内に触れていると思うだけで、クライヴの欲望が昂《たかぶ》った。

リシェルから苦しげな表情が消えたのを見計らって己の屹立を彼の淡い蕾にあてがう。リシェルの初めてを自分が奪うことに躊躇《ちゅうちょ》はあったが、他の人間がその役目をするようなことがあったら、その人間を抹殺《まっさつ》しなければならなかったので、犯罪に手を染めずに済んだことを感謝しなければならない。

「挿れていいか？　リシェル」

「このタイミングで聞かないでくれないか？　逃げたくても、もう逃げられないんだから」

「ハハッ、承知した」

柔らかくなったリシェルの蕾に己の劣情を挿入《そうにゅう》させた。するりと温かい粘膜がクライヴを包み込む。これがリシェルの体内かと思うと感動のあまり、思わず声が出てしまった。

「はっ……」

「んあっ……」

リシェルも同時に声を上げる。そんなに痛がっていないようで安堵した。

「もう少し緩《ゆる》めてくれないか」

クライヴはリシェルの耳元で囁きながら浅い場所で抽挿《ちゅうそう》を繰り返す。

「あっ……あぁっ……」

どこまでも深いリシェルの隘路《あいろ》に、先へ先へと進みたくなった。リシェルの肉襞《にくひだ》に触れた箇所から次々と熱が溢れ、クライヴの神経が沸騰《ふっとう》しそうになる。熱く滾《たぎ》った楔《くさび》をグッと奥へ突いた。

「あぁあっ……」

潤んだ媚肉《びにく》を引きずり、そして擦る。快感に啼くリシェルの頬に触れた。しっとりと指に馴染むリシェルの頬に軽くキスをして声を掛ける。

「動くぞ」

抽挿を激しくすると、それにつられリシェルの嬌声も高くなる。

「ああっ……あ……あっ……」

リシェルが無意識なのか逃げようとするのを、彼の腰をしっかりと掴み引き寄せた。そして蜜路を擦り上げる。

「はあっ……あぁぁっ……」

リシェルの躰が熱を帯び、薄桃色に上気した。

「あっ……ん……あぁ……」

華奢なリシェルを大きく揺さぶる。すると彼が振り落とされまいとばかりに、クライヴの背中にしがみ付いてきた。

リシェル――。

愛しさが込み上げる。

「あっ……だ、め……っ……激し……いっ……ふぁ……」

リシェルが快感をやり過ごそうと喉を仰《の》け反《ぞ》らせる。そのしっとりした白い肌に堪らず唇を寄せ、彼の甘やかな気を思いきり吸った。そしてそのまま首筋を唇で辿り、鎖骨《さこつ》へと滑らせ、再び赤く膨らんだリシェルの乳首へと吸い付く。

「あっ……あぁ……はっ……あぁ……」

そのまま激しい抽挿を繰り返すと、リシェルは過度な喜悦《きえつ》に咽《むせ》び泣いた。

「ああっ……もう……ふっ……ああっ……んっ……」

「リシェル……」

背を伸ばし、そっとリシェルの瞼にキスをした。ふわりと瞼の下から美しいエメラルドグリーンの瞳が現れる。何度見ても心奪われる綺麗な瞳だった。

その瞳が閉じられ、キスをねだられる。クライヴは乞《こ》われるままリシェルに口づけた。何度も啄《ついば》むような優しいキスを重ね、鼻先を擦り合わせた。

「怖くないか？　リシェル」

「ん……」

甘く掠《かす》れた声で返事をされ、クライヴの理性が飛びそうになる。

「リシェル、うなじを噛むぞ」

「うっ……ん……か、噛んで……」

熱に潤む瞳を向けられた。恐ろしいほどの色香を含んだリシェルの表情に、クライヴの理性の糸が音を立てて切れていく。気付いた時には本能に任せてリシェルのうなじに歯を立てていた。

「あぁぁぁっ……」

びりびりとした刺激がクライヴの全身を駆け巡《めぐ》る。たぶんリシェルも同じ感覚を味わっているのだろう。全身が小刻みに震えていた。

「はぁ……あぁ……っ……」

血の味が舌に載る。同時にリシェルの香りがふわりと鼻を抜けていった。

リシェルとつがいになった――。

全身が歓喜に震え、少し激しく腰を揺さぶってしまった。途端、リシェルがきつくクライヴを締め上げる。

「うっ……」

クライヴが低く唸《うな》ると、リシェルが白い蜜を吐き出した。

「あぁあっ……」

リシェルの締め付けに、持っていかれそうになるが、どうにか堪える。

「きついな」

クライヴはリシェルの下腹部を濡らしている精液を指先で掬《すく》い取《と》り、そして舐めた。するとリシェルがあり得ないとばかりに大声を出した。

「なっ！　舐めるな、クライヴ！」

「どうしてだ？」

「どうしてって……ああ、もう、君、そんなに意地悪だったか？」

「意地悪をしているつもりはないな。可愛くて堪らないだけだ」

「え？　あっ……」

腰を少し動かして、リシェルの中を穿《うが》つ。

「あ、つっ……駄目、今、達《い》ったばかりだろ……あぁぁ……動く、なっ……」

達したばかりのリシェルはかなり感じやすくなっているようだ。少し揺らしただけで、声を零した。ついクライヴは彼が快感で染まる姿がもっと見たくて、腰の動きを一層激しくする。するとたて続けにまたリシェルが吐精《とせい》した。

「あぁぁあっ……」

きゅうっとクライヴの楔が強く締め付けられる。我慢できずにクライヴはとうとう最愛のリシェルの最奥《さいおう》へと自分の愛を注ぎ込んだ。

「な……なに？　クライヴ……あぁっ……」

狂おしいほどの愛の行き場を求めて、彼をきつく抱き締める。

「リシェル、もう一度……」

「な……君、今、達ったばかりだろうっ」

リシェルがじたばたするが、まだ下半身が繋《つな》がっていることもあり、彼が逃げ出すことはなかった。

「もしかして一度では聖痕が現れないかもしれないだろう？」

「そんなことはない。一度で大丈夫だ……あっ……」

「現れないってことにしてくれないかな、リシェル」

「えっ、君、絶り……ん……あぁっ……ん……っ……」

深く抉るように腰を動かすと、リシェルが甘い吐息を吐いた。そしてしまったとばかりに口を両手で塞ぐと、クライヴをむぅと睨む。その可愛らしい姿を見て、思わずクライヴは苦笑してしまった。

「もう一回だけでいいから、私のわがままを聞いてくれないかな、リシェル」

甘えた声で懇願をしてみると、リシェルが視線を逸らして答えてきた。

「……そんなに言うなら、あと一回だけなら。いいか、一回だけだぞ」

「ありがとう、リシェル」

クライヴはリシェルの手を口許《くちもと》から引き剝《は》がし、その指先にそっと口づけをしたのだった。

＊＊＊

早朝、リシェルはふと目が覚めると、クライヴに抱き締められて眠っていた。躰はクライヴが魔法でも使ったのか、清められている。

リシェルはしばし彼の顔に見入った。彼の端整な顔つきは、何度見ても心を鷲摑《わしづか》みされるものだ。

瞼の下には鋭いが美しく澄んだ青い瞳が隠れているのをリシェルは知っていたが、昨夜ほど間近でそれを見たことはなかった。

クライヴが眠っているのをいいことに、リシェルは彼の顔をずっと眺めていた。

人と一緒に寝たことなど、記憶がある限り一度もない。物心がついた時からずっと一人で寝ていたので、こんなに近くに誰かが寝ていることに、とても不思議な感じがした。

クライヴとこんな風になるなんて、思ってもいなかった……。

嬉しい――。でも、悲しい。

彼が家族のために、無理をしていると思うと、リシェルは素直に喜べなかった。

リシェルがオメガにならなかったら、クライヴはもしかしたらオリヴィアと結婚していたかもしれない。彼の人生を変えてしまった罪悪感がリシェルを呑み込みそうになる。

好きになってごめん。君を選んでしまってごめん……。

クライヴの生家の家族を助けるという大義名分を、僕は利用したんだ……。

手を伸ばせばすぐに届くクライヴの顔に、触れたくとも触れられない。触れたら恋心が彼に伝わってしまいそうで怖かった。

絶対に彼を幸せにしたい。

自分の恋心を成就するために彼を犠牲にしてしまった。罪滅《つみほろ》ぼしではないが、自分のできるだけのことはするつもりだ。

彼がいつまでも隣で笑っていてくれるために――。

◆　Ⅴ　◆

翌朝、二人の左胸には見事な赤い薔薇の聖痕が浮き上がっており、『つがいの儀式』が滞《とどこお》りなく済んだことを国王に報告することができた。

これで予定通り、明日から一か月間、リシェルはクライヴと新婚旅行に出掛けられる。王国内のリゾート地でもあるレスタニア地方にある離宮に滞在するのだ。

クライヴはその間、特別休暇を貰《もら》うことになっていた。

「リシェル、躰のほうは大丈夫か？」

「大丈夫だ」

クライヴが心配そうに尋ねてくる。長兄のセインの部屋へ向かうために回廊を歩いているのだが、リシェルの歩き方が少々ぎこちないので、クライヴに心配をかけていた。

「昨夜は少し激しくしてしまったからな……」

突然クライヴが顔を寄せたかと思うと、リシェルの耳元に囁いてきた。あまりの甘い声にどきどきしてしまい、思わず耳を両手で覆う。

「なっ、は、激しくとか言うな。それに少しじゃないだろう、クライヴ。あれは絶倫《ぜつりん》レベルだぞ。君、淡泊そうな顔をしているのに、完全に詐欺《さぎ》だ、う……痛っ」

昨夜の話題はあまりしたくなかった。今少し口にしただけでも顔に熱が集中して、居たたまれなくなる。するとクライヴが隣で短く呪文を口にした。途端、リシェルの痛みがすっと引く。

「治癒《ちゆ》魔法をかけた。これで痛みはなくなったと思うが……なあ、リシェル、セイン殿下とレザック殿下への挨拶はまた次回にしたほうがいいんじゃないか？　ちょっと事後感が出すぎというか……」

事後……。

リシェルの顔が燃えるように熱くなった。慌てて両手で自分の顔を隠す。こんな顔、絶対にクライヴに見られたくない。

「……明日から新婚旅行に出掛けるんだ。今日中に兄上たちに会っておかないと、いろいろと面倒なんだ。あの人たち、僕に対してとんでもなく過保護で兄バカだから、拗《す》ねると後で宥《なだ》めるのが大変なんだよ」

第一王子セインと第二王子のレザックの二人の兄は、末の弟リシェルを可愛がってくれているが、少し過保護のところがあった。今回クライヴをつがいとして選定した時も、リシェルには内緒で、密偵《みってい》を使ってクライヴの身辺を調べに調べたらしい。

クライヴの評判や付き合っている相手などがいないことを幾重《いくえ》にも確かめ、責めるところがないと諦めた結果、残念そうにリシェルの結婚に賛成したという経緯《けいい》があった。

「まあ、でも兄上たちも君を認めてくれたからな。多少貴族間で反感を持たれても、兄上たちが味方になってくれるから、今となっては過保護も大感謝だ」

「ああ、確かに心強いな」

クライヴはそう言うと、チュッと素早くリシェルの目尻に唇を落とす。

「ふひゃっ」

びっくりして情けない声が出てしまった。

「ぷっ、なんだよ、その声」

クライヴが噴き出しながら、リシェルの目尻にそっと指で触れる。

「君が急に……こんなことをするから……」

「ああ、皆に私がリシェルにぞっこんだと見せつけないといけないからな」

「あ……」

なるほど。

偽りの婚姻だが、誰の目があるかわからないところで、こうやって愛し合っているかのようにアピールをするクライヴのテクニックは、さすがとしか言いようがなかった。

結婚は義父であるデートリッヒ公爵の命令であったが、クライヴはリシェルに誠実であろうとしてくれるのが伝わってくる。

複雑な気持ちもあるが、それでも彼は優しい男だと思う自分もいる。

う……好きなのが止められない――。

リシェルは真っ赤になってしまった顔を、なるべくクライヴに気付かれないように下に向けた。だがそんなリシェルの恥ずかしがる気持ちを知ってか、彼がふわりと笑みを浮かべる。

「こんなリシェルを誰にも見せたくない……」

クライヴの声にリシェルの胸がじわりと熱くなった。

ああ、とても幸せなのに、胸が苦しい……。

幸福と言う名の崖に一人で必死にしがみついているような気分だ。気を抜けば簡単に不幸の谷底へと落ちてしまう。

彼の優しさから紡《つむ》がれる愛の囁きは、リシェルを一旦は幸せにするも、その偽りの言葉は刃となってリシェルを傷つけ、不幸のどん底へと突き落とそうとするのだ。真実の愛を欲してしまうリシェルにとって、それは悲しい事実だった。

「クライヴ……一つ約束をしてくれ」

「なんだ?」

「僕に『愛している』と、絶対言わないでほしい」

「え?」

彼のサファイアのような濃いブルーの瞳が俄《にわ》かに見開かれた。その瞳に吸い込まれそうな気分になりながら、リシェルは辛《つら》い気持ちを胸にしまい込んだ。

「僕たちは親友だ。これ以上に素晴らしい関係はないと思っている。だから僕たちのこの絆《きずな》を嘘で固めたくないんだ」

刹那、どうしてかクライヴが傷ついた表情を見せる。

「嘘って……。やはりリシェル、君はオリヴィアを……」

「オリヴィアを?」

「あ、いや、何でもない」

彼にしては珍しく言葉を濁《にご》した。これ以上聞いてはいけないかもしれないと思いながら、ふと、リシェルは去年のオリヴィアとの会話を思い出す。

『殿下がオメガに覚醒されなかったら、わたくし、あぶれた者同士でクライヴ殿と結婚しようかと思っていましたの――』

オリヴィアはリシェルのことが好きだと言った後で、そんなことを口にしていた。

クライヴのことだ。彼もきっとオリヴィアの気持ちを知っているに違いない。

何となくもやもやとした感情がリシェルの中で生まれた。

もしかしたら、リシェルのオメガ覚醒がなければ、クライヴはオリヴィアの提案に乗って彼女と結婚するつもりだったかもしれないことに気付いてしまう。

ドクンとリシェルの心臓が大きく爆ぜた。

――クライヴはオリヴィアのことが好きなのだろうか。だけど僕が未《いま》だ彼女のことを好きだと誤解して、今までずっと身を引いていた？

クライヴにとって、リシェルがオメガに覚醒したのは誤算だったはずだ。なにしろ彼はリシェルの側近護衛を目指してくれていたほどなのだ。

アルファかベータに覚醒したリシェルが、オリヴィアを諦めて他の妃候補と結婚をした後で、クライヴもリシェルに失恋したオリヴィアに、求婚するつもりだったのかもしれない。

クライヴが誤解して、リシェルがオリヴィアのことを好きだと思っているのなら、今のおかしな会話も納得できた。

クライヴはオリヴィアのことを好きなまま、義父の公爵に命令されて、僕のつがいになった
――？

「っ……」

その推測に、リシェルの心音が異常なほど大きく鳴った。

本当にごめん、クライヴ。この罪は絶対に償《つぐな》うよ。君に無理強いはしない――。

リシェルは痛む胸に、手をそっと置いた。

「待っていたよ、クライヴ殿、リシェル。さあ、二人ともこちらに座って」

第一王子、セインは滅多《めった》に手に入らない特別な紅茶を用意して、二人を待っていてくれた。

隣には第二王子、レザックも座っている。リシェルとクライヴは促《うなが》されるまま二人掛けのソファーに並んで座った。

「無事に『つがいの儀式』も済んだそうだな。私たちのリシェルが他の人間のものになったのは悲しいが、リシェルがもう発情期に苦しむことがないと思うと、クライヴ殿に感謝しないとならないな」

「もったいないお言葉です」

「まあ、クライヴ殿には、煩《うるさ》い小舅《こじゅうと》の我々二人がいるから、いろいろ大変かと思うが、今後ともリシェルと仲良くし、幸せにしてやってくれ」

「必ずやご期待に添いたいと思います」

クライヴの言葉にリシェルはときめいた。彼の愛が偽りでも、友人としてきっと大切に、そして幸せにしてくれるはずだ。

「まあ、離婚してくれるなら、それはそれで歓迎だがな。特別にクライヴ殿には何も罪を問わずに受理してやろう」

セインがにやりとして言葉を足した。思わずリシェルとクライヴが笑顔を引きつらせると、第二王子のレザックが間に入ってセインを諫《いさ》める。

「兄上、冗談に聞こえませんよ」

「そうか？　すまないな。まあ、半分は本音だからかな」

「兄上、そういうことばかり言われていると、リシェルに嫌われますよ」

「き、嫌われる……」

セインが傍目《はため》からわかるほど衝撃を受けて固まってしまった。レザックの一撃がよほど効いたらしい。そのままレザックが話を続けた。

「そういえば、兄上こそ、リシェルの結婚式も終わりましたし、そろそろ伴侶を決めなければならない時期ですよね」

父王も以前言っていたが、兄セインの妃を、リシェルのつがいが決定したらすぐにでも選ぶことになっていたはずだ。

「ああ、それがいろいろと難航していてね。本当なら、もう決めないといけないんだが、上手くいかないいんだ」

「上手くいかないって……何か問題でも？」

「相手のこともあるから、詳細《しょうさい》は言えないが……まあ、どうにかなるだろうとは思っている」

「やはりシャンドリアン・ジアア・ロレンターナ侯爵令息ではないんですね。父上からシャンドリアンを含めて五名ほど王太子妃候補者がいるとお聞きしていますが、まだ決まっていないと言われていましたし……」

思わずリシェルは個人名を挙げて聞いてみた。

王太子妃候補は、敢《あ》えて公《おおやけ》にはされない。黄金のオメガのつがいと同様で、選ばれなかった者への配慮のためだ。本人が公言すれば別であるが、社交界の噂で大体の人物を特定するのみだ。

　セインは以前からシャンドリアンとよく舞踏会でパートナーとして出席していたし、彼の魔法力がかなり高いこともあって、社交界でも王太子妃候補ナンバーワンだと噂されている。

「彼は私の後輩というだけで、王太子妃になる予定は今のところない。実は二人で秘密の取引をしているのさ」

「秘密の取引？」

　意味ありげな言葉にリシェルがつい反応すると、セインが大きく頷いた。

「ああ、シャンドリアンの隠れ蓑《みの》になる代わりに、彼にダンスのパートナーを頼んでいたんだ」

「隠れ蓑？」

「彼はオメガに覚醒してから結婚話が山のように来ていたらしい。だが発情期というリスクがあっても、まだ結婚したくないそうだ」

　オメガは覚醒した時点で、結婚話が持ち上がるのが普通である。それを断り続けることが難しいのは、簡単に想像できた。

「私は彼の隠れ蓑になるために、父上に頼んで彼を妃候補者の一人に入れたんだよ。それを知らない彼の父親、ロレンターナ侯爵は、自分の息子が王太子妃候補者に選ばれたのを機に、しばらく様子を見ようと結婚話を一時的に止めてくれているらしい」

確かに結婚を遠ざけるには一番都合のいい理由だ。

「それに私としても王太子妃選びで言動が周囲に大きな影響を与える時期だ。ファーストダンスのパートナー選びも困難だったから、言葉は悪いが、彼に後腐れのないパートナーをお願いしたんだ。要するにお互いの利害が一致したゆえの関係だよ」

ダンスで一番初めに踊るパートナーは、社交界において意味がある人物だと思われがちだ。それゆえに慎重に選ばなければならなかった。セインは煩《わずら》わしい詮索《せんさく》に辟易《へきえき》して、パートナーをシャンドリアンに頼んでいたのだろう。

「そうだったんですか」

二人で取引しているという話は初耳だった。

「ああ、まだ正式に王太子妃は決まっていないから浮気とまではいかないし、最後はただの仲のいい後輩と先輩だったという感じで、場を収めることになっている」

そんな取引が二人の間にあったとは意外だった。ほとんどの人間が、シャンドリアンが最有力候補だと思っているはずだ。

「ですが、そう思っているのは兄上だけかもしれませんよ。シャンドリアンが王太子妃の座を狙っていないとは限りません」

レザックがセインに釘《くぎ》を刺す。

「確かにそうも考えられるが、シャンドリアンが持ちかけられる結婚話に相当困っているのも本当だ。以前、彼は王太子妃になる気はないが、私のことは強力な蝿《はえ》よけになるから助かると言っていたことがあるしな」

「それはそれで、少し失礼な気もしますが……」

レザックの表情が僅《わず》かに歪《ゆが》む。それをセインはまあまあと制した。

「それに王太子妃を選定するのに、私もそろそろ実際に一人ずつ候補者と顔合わせをしないとならない時期になってきた。そうなると、必然的にシャンドリアンとダンスをする機会も減ってくるだろう。彼との取引もそろそろ終わりだ」

セインの話を耳にして、ふとリシェルは気付いてしまった。

「セイン兄上、シャンドリアン殿を王太子妃に選ぶ予定は、最初からまったくなかったという意味で受け取ってもいいんですか？」

「まあ、そういうことだな」

何でもないことのように、とんでもないことを口にする。

「えっ⁉　では、他の誰かに妃をお決めになったということですか？」

リシェルが驚くも、セインは平然と答えてきた。

「まあ、ここだけの話にしておいてほしいが、実は決めている。先ほども言った通り、難航はしているがな」

セインの爆弾宣言に、リシェルだけでなく、クライヴもレザックも一瞬固まった。だがすぐにリシェルは質問を続ける。

「ち、父上や母上にお話は？」

「まだしていない」

「どうして……」

「いろいろと面倒なことが残っているからさ。それをクリアするまでは、たとえ親にでも、言えないいな」

そんなことを言いながらセインは明るく笑顔を振りまいた。

好きな人と結婚するというのは、やはり兄の立場では難しいのだろうか。

「兄上……」

「どうした、リシェル」

「実は父上から、兄上の妃の選定に協力するように言われております」

「ああ、リシェルは黄金のオメガだからな。わかっている。私の次の国王はお前の子供がなる可能性が高いことを理解している花嫁を選ぶようにするつもりだ」

「ありがとうございます……。でも、僕は兄上にも心から好いた方と結婚していただきたいと思っています。僕ばかり好きな人とさっさと結婚してしまったので……」

「好きな人……」

隣でクライヴが小さく呟く。リシェルはしまったと思いながら、兄たちに気づかれないよう、つま先でクライヴの足をとんとんと突いた。

う……つい本音が口から零れてしまった。

そう思いながらも、小さな声で「演技」と呟くと、クライヴがじろりと睨んできた。

なんだよ、もう……。

リシェルがクライヴの視線に困惑していると、兄がにっこりと笑った。

「リシェルが後ろめたい気持ちを持つ必要はないさ。それに私はお前のお陰で王太子妃選びにおいて恩恵を受けているんだ」

「恩恵？」

「お前が優秀なアルファを産むことはわかっているから、私自身は子をなさなくても済むということだ。言い方を変えれば、どんな相手でも王太子妃にできる」

「え？　兄上、子をなさないって、どういうことですか？」

リシェルの問いにセインは意味ありげに笑みを浮かべ、さっさと話題を変えてしまった。

「そういえばクライヴ殿、明日からのレスタニア地方へ行く新婚旅行のことだが、リシェルをよろしく頼むよ。弟は案外、自分が無理をしていることに気が付かない子でね。少々心配なんだ」

「それは重々にわかっております、殿下。お任せください」

「私のほうがリシェルのことをよくわかっているから心配なんだ。獣《けもの》は森の中だけにいるとは限らないからな、義弟殿」

「獣などおりませんよ。それに私も充分にリシェルのことは理解しておりますので、ご心配には及びません。わざわざ気にかけてくださってありがとうございます、義兄上殿」

バチバチバチ……。

クライヴと兄の間で何か散ったような気がしたが、リシェルは次兄のレザックに話し掛けられ、セインに尋ねる機会を失ったのだった。


王都から新婚旅行先のレスタニア地方都市のデルラまで、馬車で三日ほどの移動になった。早馬であれば一日で行ける場所ではあるが、警護の兵士も大勢連れての移動なので、かなり時間が掛かる。

リシェルはクライヴにエスコートされて馬車に乗ると、そのまま座席に座った。馬車は王族専用のもので造りも豪奢だ。だが、いくら豪奢だといっても所詮、馬車の座席である。普段座っている椅子よりも硬かった。

まずい……少しお尻が痛いかもしれない……。

原因はわかっている。二日前にクライヴのアレを初めて受け入れたからだ。

昨夜は、クライヴがつがいとして自然に振る舞えるようにと、一緒のベッドで寝ることを提案してきたので、リシェルは彼の腕の中で眠っただけなのだが、まだ臀部《でんぶ》は癒《い》えてなかったようだ。

昨日、兄のところに挨拶へ行く際に、治癒魔法をかけてもらって治まった気になっていたが、まだ治りきってなかったようだ。硬い座席に座ると僅かに疼《うず》く。

今はいいが、一日中馬車に乗っていると辛い気がする……。

リシェルはクライヴに気付かれないように何気なく体勢を変えて、臀部を圧迫しないようにした。だが、

「リシェル、待って」

クライヴがそう言って何か呪文を唱《とな》えたかと思うと、リシェルの尻の下にふわふわでもこもこのクッションが現れた。

「えっ？」

「気付かなくてすまない。それで、少しは痛みが和《やわ》らぐはずだ。あともう一度、治癒魔法も掛けておいたから、直《す》ぐに痛み自体もなくなるはずだ」

どうやらクライヴもリシェルの不自然な動きの理由を察したようだ。

「あ……ありがとう」

恥ずかしさに顔が熱くなるが、淡々と説明しているように見えたクライヴの耳や首筋が真っ赤になっているので、あちらも恥ずかしいようだ。

そんなクライヴの様子を見て、リシェルの気持ちも落ち着いてきた。

「助かったよ、クライヴ」

「いや、もっと早くに気付けばよかった。すまないな……」

何とも気恥ずかしくて、二人とも視線を落とす。長年親友をやっているが、こんな初々《ういうい》しいカップルのような状況になるのは初めてかもしれない。

何か普通の会話をしないと……。

「あ、あのさ、馬で行きたかったよな。馬車だと時間がかかりすぎる」

「王国の秘宝とまで言われる黄金のオメガが、新婚旅行を馬で駆け抜けるって前代未聞《みもん》じゃないのか？」

「それは、そうだけど……」

普通の会話、失敗かな……と思いながらぶつぶつ呟いていると、正面に座っていたクライヴがくすくすと笑い出した。

「なに？」

「まったくリシェルはアカデミー時代と変わらないな」

「どうせ学生気分が抜けない子供だよ」

「いや、それが嬉しいかな。王族としての務めを果たすようになって、君との仲に溝ができたら寂しいと思っていたのが杞憂《きゆう》に終わってよかったよ」

「そんなことを考えていたのか？」

リシェルも実は考えていたが、クライヴも同じように寂しいと感じてくれていたことに嬉しさを噛み締める。

「ああ、普通は考えるだろう？　王族と臣下の関係に戻ると思っていたんだからな」

「……でも僕は君を特別扱いするつもりだったぞ。親友だし」

「その気持ちは嬉しいが、君から特別扱いなんてされたら、それこそ作らなくてもいい敵を作っていそうだ。周囲から嫉妬《しっと》のあまり嫌がらせを受けただろうし。私が何らか功績を上げるまでは、君と親しくはできなかっただろう。社交界は魑魅魍魎《ちみもうりょう》なところがあるからな」

クライヴの話を聞いて、本当に彼をつがいとして選定して良かったと改めて思った。そうでなかったら、クライヴとぎこちない関係になっていたに違いない。

それに今、特別扱いするとクライヴには言ったが、本音を言えば、リシェルはアカデミーを卒業してから、クライヴに一方的に想いを寄せていたこともあって、彼をわざと避けていたところがあった。

オメガに覚醒していなかったら、今もあの態度をずっと取り続け、クライヴとは疎遠《そえん》になっていただろう。

「クライヴの言う通りだったかもしれないな……」

「だろう？　って、う、あいつら……ったく」

急にクライヴが唸った。彼が見ていた車窓に目を遣《や》ると、クライヴの同僚らしき護衛騎士が馬で並走しながら窓越しに何かクライヴに話し掛けてくるのが見える。だが、騎士はリシェルと目が合った途端、顔色を変えて真面目《まじめ》に任務に戻っていった。

「同僚か？」

「ああ、同期だ。あいつらも今日、私たちを護衛する任務に就いたようだな」

今日の護衛は、王族を護衛することもあって、近衛騎士団から二十人ほどが派遣《はけん》されていた。その他に同じ近衛騎士団内に所属する魔法騎士も任務についている。

「まったく……自分の護衛に同僚がつくなんて、なんとも居心地が悪いな」

「まあ、クライヴは近衛騎士団所属でも今や王族扱いだし。これからもこういうことあるから、慣れないとな」

「はぁ……。また冷やかされそうだ」

クライヴが困った顔をするのを見て、リシェルは思わず笑ってしまった。彼のこういう表情を見るのもアカデミー以来だ。

「……リシェルは楽しそうだな」

「君が近衛騎士団でも上手くやっているんだなって窺い知れてよかったよ」

「どうだか……あ」

急にクライヴが何かに気付いたように、再び車窓に目を遣った。

「どうした？」

「いや、あいつ……オーウェン卿もこの任務に就いたみたいだな」

「オーウェン卿？」

「フィリップ・レス・オーウェン伯爵子息。君のつがいに立候補したアルファの一人だ。リストとかチェックしなかったのか？」

クライヴの声につられて、リシェルもオーウェンに気付かれないようにちらりとそちらを見た。

「……覚えていないな。というか、僕はクライヴ一択《いったく》だったから、他の候補者のリストは見てないんだ。断ること前提なのに選考書類を見るなんて相手に失礼なような気がして。彼も選定会に申し込んでいたのか……」

「はぁ……」

クライヴが額に手を当てて、大きく溜息を吐いた。

「どうした？　クライヴ」

よく見ると、彼の顔が少し赤い。

「リシェル、私一択とか、何気に凄《すご》いことを言ってくれるな」

「あ」

途端、今度はリシェルの顔も赤くなる。つい気が緩《ゆる》んで告白みたいなことを言ってしまった。

「ああっ、いや、そうだから。その……し、親友である君が一番気兼ねなく一緒にいられるし……。こんなに気楽な君を逃したら、僕、誰とも結婚したくないな……とか思って……」

動揺して上手く言葉が纏まらない。というか、ますます告白っぽいことを口にしていた。

もう、余計なことを言うのをやめよう――!

そう思って、むぅぅと口を無理やり閉じると、クライヴが一瞬きょとんという顔をして、すぐに破顔した。

「ははは……そんなに親友だと強調しなくてもいいよ。わかっている。私はリシェルの親友でよかったよ。リシェルを助けることができたんだからな」

「クライヴ……」

クライヴはリシェルがずっと片思いをしていることに気付いてはいないようだ。気付いてくれないことに少し胸は痛むが、そう仕向けたのはリシェル自身だ。これでいいと思うしかなかった。

つがいになることを提案した時に、好きと言えばよかったのかもしれない――。

だが親友だと思っていた男から恋心を告白されたら、嫌悪されるに違いない。いや、もしかしたらクライヴだったら、それでも受け入れてくれたかもしれない。

彼は優しい男だから、たとえオリヴィアを愛していたとしても、自身の気持ちを抑えてリシェルに尽くした可能性が高かった。

辛いこと、この上ないよな……。

ただ、クライヴと一緒に人生を歩みたかった。そしてクライヴの家族を救いたかった。それだけの願いだったのに、実際は歪《いびつ》にねじれてしまった。

でも、きっと――、命令された結婚のために、彼から偽の愛を告げられるよりは、今のほうが辛くないはずだ。

「……いろいろ助けてもらっているよ、クライヴ」

リシェルは自分の想いに納得し、笑みを浮かべるしかなかった。


王都を離れ、最初の夜は商業都市ダルトで宿泊する。夜にはこの大都市を領地として治めているダルトン子爵家の屋敷にて歓迎パーティーが開かれ、地方の貴族との交流を図った。

「はぁ……」

歓迎パーティーも終わり、用意された部屋に戻ってきた途端、大きなため息が隣から聞こえる。クライヴのものだ。どうやら多くの貴族に囲まれ、その相手をするのに相当気疲れをしたようだった。

「大丈夫か？　クライヴ、お疲れ様」

「いつもと違う類《たぐ》いの疲れが……。リシェル、君、凄いな。ずっとこの気疲れを背負って生きているのか？」

「まあ、生まれた時から王族だしな。嫌でも慣れるよ」

クライヴは歓迎パーティーの間、多くの招待客とひっきりなしに歓談していた。公爵家の後継者ではあるが、王族としての振る舞いについては結婚前の十か月で習得したばかりだ。そのためか、精神的にも疲労しているようだった。

「早めに寝るか？　クライヴ、今夜は君がベッドを使えよ。僕はソファーで寝る」

クライヴの疲れを癒すためにも一人でベッドでゆっくり寝て欲しかった。だが、リシェルの気遣いに驚いた様子でクライヴが顔を上げる。

「え？　どうしてだ？　昨夜のように一緒に寝よう」

「でも、今夜は疲れただろう？　僕はああいう社交は慣れているからいいけど、クライヴには今夜の疲れをとるためにも、しっかり寝てほしい」

「いや、大丈夫だ。大体、二人で寝るために、こんな広いベッドなんだぞ。二人で寝てもゆっくりできる」

どうやらクライヴはベッドでリシェルと一緒に寝るつもりだ。もしかして気を遣ってくれているのかもしれない。

「それにもうリシェルを抱き締めて寝ないと、寝た気がしなくなっている」

「僕はぬいぐるみか」

「ああ、そうかもしれない。抱くと安眠できるからな」

それはそれで困る。リシェルが安眠できないからだ。

昨夜もクライヴの腕の中でドキドキして、明け方近くまで寝られなかった。それにリシェルだって男だ。理性を失って、ついクライヴを襲ってしまうかもしれない。つがいの儀式も終わっているのに、理由もなく彼を襲うことは避けたかった。

「あ、でも僕は疲れていると寝相が悪くなるんだ。君を蹴飛ばしたら申し訳ないから、ソファーで寝るよ」

「寝相って……。アカデミー時代、学生総会で忙しい時、雑魚寝《ざこね》していたじゃないか。別にリシェルの寝相が悪いって感じたことはなかったが」

「そ、そうか？」

苦しい言い訳になってきた。

よくよく考えると、これからクライヴと一緒に暮らしていくのだから、彼の腕の中で寝ることに慣れるべきなのかもしれない。

「う……」

結婚して三日目。慣れなければいけないことは、まだまだたくさんある……よし。

リシェルは気持ちを切り替えた。クライヴにしっかり休養をとってほしいのは、本当の気持ちだ。

「寝相が心配だから、クライヴ、魔法でベッドの真ん中に仕切りを作ってくれないか？」

「仕切り……」

「ほら、ベッドに寝て」

リシェルはクライヴの手を引っ張って、ベッドのところまで連れていった。そしてリシェルは先にベッドの上に乗って、ポンポンとシーツを手で叩いた。

「仕切りって……リシェル、私の安眠はどうなる。君を抱き締めて寝ることができないだろう？」

「そんな寝ぼけた理由は却下《きゃっか》だ。大体、結婚する前は一人で寝ていたんだろう？　じゃあ、僕を抱き締めなくとも安眠できるよ。寧《むし》ろ仕切りがあったほうが安眠できるさ。さあ、仕切りを作って。それが僕の妥協《だきょう》できるぎりぎりのラインだ。これ以上は譲《ゆず》らないからな。ほら、クライヴ、寝る時間がどんどん削《けず》られるよ」

うん。仕切りがあれば、僕が我慢できずにクライヴに襲い掛かることはない。我ながらいいアイデアだ。

「はぁ……」

クライヴが片手で顔を覆い、何故か盛大なため息を吐いた。

「リシェル、君には敵わないな」

「何が敵わないんだ。意味がわからないよ。はい、こっちはクライヴの陣地。そしてこっちは僕の陣地だから。早く仕切りを魔法で作ってくれないか？」

リシェルはベッドの左右をそれぞれの寝場所と決め、あとのことはクライヴに頼む。残念ながらリシェルは魔法が使えないのだ。

「はいはい」

クライヴは力なく返事をすると、指先一つでガラスのような仕切りをベッドの中央に作った。

＊＊＊

背後からリシェルの寝息が聞こえてきて、ようやくクライヴも肩の力を抜いた。

どうにかして、リシェルの親友という認識を変え、信頼を裏切らずに最愛のつがいになりたいのに、なかなか手強《てごわ》い。

リシェルからつがいの提案を受けた時、親友だからと線引きをされ、酷《ひど》く傷ついたのは記憶に新しい。だが、王族の教育を受けながらの十か月で、リシェルにつがいとして認めてもらい、ゆっくりでいいから愛を育《はぐく》んでいきたいと思うようになっていた。

無理にリシェルにオリヴィアを忘れさせるつもりはない。リシェルの気持ちが落ち着くまで、いくらでも待つ。

透明の仕切りの向こう側を見ると、リシェルが可愛い寝顔を晒《さら》している。まさに天使だ。

はぁ……。

いざ目の前にリシェルの無防備な姿があると、クライヴの理性もたじたじだ。

くっ……リシェル、君は無防備すぎる——！　私が魔法騎士で、簡単に理性を奪われないよう訓練を受けているからいいものを、普通の人間だったら、一秒で君の魅力にやられるぞ！

一応、心の中だけで叫ぶ。

初夜は聖痕を残すために、どうしても性交をしなければならないという大義名分もあって、リシェルを抱いてしまった。だが、あとは彼の発情期次第だ。それ以外は信頼を裏切らないよう無理やりどうこうするつもりはない。たとえ、あの初夜が、リシェルと肌を重ねる最初で最後の機会になったとしても、だ。

それだけリシェルのことを大切に思っているし、この世界で一番愛している。

もう一度、リシェルの寝顔を見つめる。邪な気持ちもあるが、ふっと心が安らぐのも確かだった。

二人きりで馬車に乗っている間も、心が落ち着かなかった。油断したら彼の手を握ってしまいそうだったからだ。いや、手を握るだけならいいが、そのまま彼を抱き締めて唇を奪いそうになる自分を何度も抑えた。

リシェルに気持ちを伝えたい——。

『僕に『愛している』と、絶対言わないでほしい』

刹那、リシェルのあの言葉が脳内に響いた。

「っ……」

心臓に何か冷たいものが突き刺さったような感じがした。親友という枠《わく》を超えた途端、リシェルに拒《こば》まれるのではないかと想像しただけで、このありさまだ。

「自分の忍耐を信じるしかないか」

リシェルが大切なら自分を律することくらい大丈夫だ。アカデミーの時から、もうずっと耐えてきた。

それに、こうやって二人で穏やかにすごしていけば、いつかリシェルに愛される日が来るかもしれない。彼を傷つけないように傍にいるには、その日が来るまで待つしかなかった。

「リシェルに愛されるよう、今まで以上に努力するか。覚悟しとけよ、リシェル……」

クライヴはもう一度、穏やかな眠りに就くリシェルを見つめ、そして自分も目を閉じた。

◆ Ⅵ ◆

翌日も馬車に揺られ、二つ目の宿泊地である地方都市、ギャロンを目指した。

道中、リシェルとクライヴはアカデミーに在籍していた当時のように、他愛もない話で盛り上がり、長い馬車の移動も苦痛にならず、夕方近くには目的地ギャロンに到着する。

ギャロンでは今、夏の豊穣《ほうじょう》を祝う星祭りの最中で、夜も露店《ろてん》が出て賑わっていた。

どうしても祭りの様子が見たくて、リシェルとクライヴは夕食を終えた後、お忍びで数名の護衛騎士を連れて夜市へと出掛けた。

「夜市なんて、アカデミーの時に行ったきりだよな」

「私もだ」

二人で何となしにぶらぶらと露店を見て巡《めぐ》る。夜だというのに、露店を照らすランプが煌々《こうこう》と輝き、夜市は昼間のように明るかった。夜空の星が灯《あか》りで霞《かす》むほどだ。

五月になり、気候もよくなったせいか、子供連れも多く、夜市は活気に溢れていた。

こうやって臣民が笑顔で幸せに暮らしている様子を目にすると、リシェルも嬉しくなる。父が善政を敷いている結果を目の当《ま》たりにしたような気がした。そして同時にその跡を継ぐ優しい兄の顔も思い浮かんだ。

「……僕と違って、兄上は父上の跡を継ぐプレッシャーも大変なのに、王太子妃候補者も、自分の好きな人が選べないなんて……。何か手助けできることがあったらいいけど……」

「今の言い方だと、リシェル、君は好きな人と結婚できたという風に聞こえるが？　そう言えば、君、セイン殿下にも先日、そんなことを言っていたよな」

突然クライヴがからかうように覗き込んできた。それでリシェルはふと口にした言葉に、自分の想いが漏れていたことに気付く。

「えっ！　あ、いや……あの、僕と違ってというのは、兄上は父上の跡を継ぐという意味でっ……先日言ったのも親友として好きということで……」

「リシェル、そんなに思いきり否定されると、さすがに私もみじめな気がするが……」

「え……う、あ、大親友と結婚できたのだから……その、君には迷惑を掛けてしまったけど……幸せかなって……え？　クライヴ、どうしたんだ？」

「幸せ……」

何故か、クライヴはそう呟くと、顔を赤くして頭を抱えていた。

「何でもない。無暗《むやみ》に攻撃すると、反撃が大きいということを、身をもって学んだところだ」

「は……？　君、今、何か攻撃したのか？　え？」

「いや、いい。こちらのことだ。しかしセイン殿下は王太子妃をシャンドリアン殿に決められていたんじゃなかったんだな」

　クライヴがさりげなさを装って話題を変えてきたので、あまり突っ込んではいけないのだろうと察し、話題の変更に応じてやる。

「僕もシャンドリアン殿だとずっと思っていたから、先日の兄上の発言には驚いたよ」

「セイン殿下も心の中では王太子妃を決められているようだったが、それを実現させるのが難しいようなことも言っていたしな。王太子妃選びも難航しそうだな……」

「そこのお二人さん、ギャロン名物、バロン芋《いも》のほくほくコロッケはどうだい！　美味《おい》しいよ」

「え？」

　いきなり屋台から声を掛けられ、リシェルとクライヴは振り向いた。どうやらお忍びスタイルのせいもあって、店主は二人の身分に気付いていないようだ。これもアカデミーにいた頃と同じだった。よくこうやって身分を隠して町で買い食いをしたものだ。

「じゃあ、おやっさん、二つ頼むよ」

　クライヴが慣れた様子で店主に料金を手渡し、コロッケを頼んでくれた。

「まいどあり！」

　揚《あ》げたてのコロッケを、一つずつ食べやすいように紙を巻いて二人の前に出してくれる。それをクライヴが受け取り、一つをリシェルに渡してくれた。

「ありがとう、クライヴ。あとで僕も何か奢《おご》らせてくれ」

何となくクライヴに奢られっぱなしも気がひける。また美味しそうなものがあれば、今度は自分が奢ろうと思った。だがそんなリシェルの考えをクライヴはやんわりと断る。

「今夜は私が出すよ。後ろに控えている護衛の目もあるから、黄金のオメガのつがいとして、いい格好をさせてくれ」

クライヴがリシェルのことをつがいらしくエスコートしようとしているのが伝わってきて、気恥ずかしくなる。

「いい格好って……う～、わかった。今夜は君にいい格好をさせてやる。でも次回は僕がその役をやるからな」

「ああ、楽しみにしているよ」

クライヴが優しげに笑みを浮かべた。うっかりドキドキしてしまう。

義父に命令されて結婚したのが始まりでも、クライヴはできるだけ誠実にリシェルと付き合っていこうとしてくれていた。

いつか、クライヴが僕のことを本当のつがいとして好きになってくれたら嬉しいな……。

「リシェル、どうした？　食べないのか？」

クライヴの声に、リシェルは自分の動きが止まっていたことに気付いた。

「ああ、香りを満喫していたんだ。外でこうやって食べるの、久しぶりだろう？」

「そうだな、これからもたまに、外へ食べに出掛けよう」

「王都では顔が知られているから地方に出掛けた時だけな」

「魔法で見掛けを変えられるぞ」

「え、そうなのか？　クライヴ、君、凄いな。じゃあ、王都でも出掛け放題じゃないか」

「出掛け放題って……何だよ。ははっ……」

笑いながら、クライヴは目についた美味しそうな食べ物を次々と買い始める。リシェルも呆《あき》れながらも、クライヴと一緒に夜市を楽しんだ。

途中で、広場の中心にある噴水の縁《ふち》に腰かけて、休憩がてら買ったものを食べていると、ふと少年の声が聞こえた。

「え？」

声がしたほうに目を遣ると、少年が立っていた。

「兄上……」

「カイラス！」

クライヴが驚いたように立ち上がる。リシェルもその名前には聞き覚えがあった。クライヴの本当の家族、四人兄弟の末っ子の名前だ。

「兄上っ！」

カイラスが急に泣き始めたので、クライヴは彼にそっと近づいて頭を撫でた。

「……カイラス、元気だったか？」

「はい……兄上もお元気でしたか？」

「ああ、元気だよ。それよりも、どうしてここにいるんだ？」

「兄上が今日ギャロンに泊まられるって聞いて、絶対に星祭りの夜市に出掛けられるんじゃないかと思って、ずっとここで待っていました。父上や母上は兄上の結婚式に参列されましたが、僕やジェラルド兄上は参列できなかったから……。どうしても会いたくてっ……」

結婚式で、クライヴはデートリッヒ公爵に遠慮して、生家の両親は招待したが兄弟は呼ばなかったのを、リシェルも知っていた。だからこそ、兄弟がクライヴに会いたがっているのも理解できる。

だがクライヴの生家はここから馬車で一日半くらいかかるはずだ。その道のりを、確か八歳だったはずの末っ子が一人でやってきたのだろうか。

リシェルが不思議に思っていると、クライヴも同じことを感じたようで、カイラスに尋ねていた。

「カイラス……。まさか一人で来たんじゃないよな？」

クライヴの声にカイラスが言いにくそうに口を開く。

「従者と一緒に来ています。従者は今、宿に……」

「一人でこんな夜に出掛けては危ないだろう？」

「人が多いし、この町は治安がいいと聞いていたので、つい……」

そう言いながら、カイラスが後ろめたそうに視線を落とした。

「はぁ……、仕方ない。宿まで送ろう」

「え？　兄上と会ったばかりですし、一緒に夜市を見て回りたいです。あ、リシェル殿も一緒に……」

「駄目だ」

クライヴにしては珍しくきつく言い聞かせていた。その様子から、リシェルはもしかしたらクライヴがリシェルに気を遣って弟を追い返そうとしているかもしれないと思い、口を挟《はさ》んだ。

「僕はここで少し休憩しているから、クライヴ、君は弟さんと一緒に露店を見に行ったらどうかな？」

だが、クライヴは左右に首を振った。

「いや、もう夜も遅いからリシェルは護衛たち全員と一緒に先に宿に戻っていてくれ。私は弟を送り届けたら戻るよ」

リシェルは彼の言葉に驚いた。

「な、全員って……、クライヴを護衛する者は？」

「私は魔法騎士だ。一人でも大丈夫だよ。それにカイラスと兄弟水入らずで話もしたいしな」

「あ……」

そういうことか、とリシェルは納得した。この町は治安がいい。それにクライヴは魔法騎士団の中でも腕のたつ騎士なので、多少のトラブルなら対処できるはずだ。わざわざ会いに来てくれたカイラスをこのまま帰すよりは、宿へ送りがてら兄弟二人きりで話をする機会を作るのを、リシェルも手伝いたいと思った。

「わかった。じゃあ、僕は夜市を見ながら宿に戻ることにするよ」

「あまり寄り道をするなよ」

クライヴが急に真剣な表情をしてそんなことを言うのを見て、リシェルは呆れてしまう。

「クライヴ、僕のことをどこかの子供だと思っていないか？」

「はは……、そういう訳ではないが、気を付けて帰ってくれ」

「ああ、クライヴも気を付けろよ」

「悪いな、リシェル。この埋め合わせは必ずする。さ、行くぞ、カイラス」

「はい、兄上」

リシェルは二人の背中が人混みに消えるのを確認して、護衛をしてくれている騎士に声を掛けた。

「夜市をぶらぶらしながら宿へ帰ろうと思う」

「かしこまりました」

リシェルはそのまま、また夜市へと向かう。しばらく露店を見て回っていると、大きな串焼きを売っているのが目に入った。人気なようで皆が結構な量を買っている。思わず、まさに今、串焼きを買って帰ろうとしていた青年に声を掛けてしまった。

「ここ、人気なんですか？」

「うん、リムルのおやっさんの店は大人気だよ。祭りのたびに楽しみに買いにくるんだ。兄さん、旅人？　いい時に来たね。買っていくといいよ。ここのは冷《さ》めても美味しいんだ。皆十本単位で買うくらいだよ」

気さくな青年はそう言って足早に去っていく。

「……並んでいいか？」

「……はい」

護衛の騎士の返事に多少遅れはあったが、リシェルは気付かないことにして、列に並ぶことにした。誰もこの国の王子が、しかも黄金のオメガが露店の列に並んでいるとは思わないはずだ。

ようやく自分の番が来て、リシェルも他の客に負けずに十本単位で買った。そして騎士の一人に包みを渡す。

「任務が終わった後で、皆で食べて」

「で、殿下……」

「今夜は僕たちばかり食べてしまったからね」

「ありがとうございます。あ、そちらもお持ちしましょう」

騎士が、リシェルが手にしていた小さな紙袋にも気が付いて、手を差し伸べてきた。

「あ、こっちの二本は僕とクライヴの分だから、自分で持っていくよ。さ、宿に戻ろうか」

リシェルは小さな紙袋を抱えて宿へと戻ったのだった。


宿に戻り、部屋でクライヴが帰ってくるのを、テーブルの上に置いた紙袋を見つめながら待っていると、ドアを叩く音が聞こえた。

「リシェル殿下」

返事をすると、ドアの前に立っていた護衛騎士が顔を出した。

「オーウェン卿が、急ぎでリシェル殿下にお目通りを願っておりますが、部屋へ通してもよろしいでしょうか?」

オーウェン卿。今回の護衛の一人であり、リシェルの元つがい候補者の一人でもあった。

「ああ、急ぎならすぐに」

リシェルが答えるや否や、オーウェンが部屋へと入ってきた。

「オーウェン卿」

彼の名前を口にすると、彼が頭を下げる。

「殿下、人払いをお願いします」

ただならぬ様子に、リシェルは後ろにいた護衛騎士たちに目だけで合図をすると、騎士たちはリシェルの考えを察して部屋から出て行ってくれた。リシェルは改めてオーウェンに声を掛ける。

「何かあったのか？」

「デートリッヒ卿に殿下をお連れするように頼まれました。私が護衛いたしますので、一緒に来ていただけますでしょうか」

「クライヴが？」

オーウェンが小さく頷く。どうやら他の騎士にはあまり知られたくないようだ。

「どうして君が伝達役を？　君は今夜は非番だろう？」

「ええ、非番でしたので夜市を散策しておりましたら、偶然デートリッヒ卿に会い、伝言を承《うけたまわ》りました。弟君のことで何かお伝えしたいことがあるようです」

わざわざ呼び出すなんて……何かあったのだろうか——。

八歳の子供が従者を連れてではあるが、一日半かけて兄に会いに来たということは、クライヴの生家でそれ相応の事件が起きたのかもしれない。

「非番のところ悪いが、そこへ案内してくれるか？　あと外出するには、私は最低二名の護衛騎士を連れていかなければならない。一人は君にお願いしたいが、あとはランドル卿に声を掛けてくれ」

ランドル卿はクライヴの同期の近衛騎士で、信用がおける人物である。クライヴが何かしら秘密を抱えている可能性が高い今、クライヴが信用しているランドル卿が最適な人物だと思った。

「はい。承知いたしました」

オーウェンがすぐに動き出す。リシェルもまた身支度《みじたく》を整えたのだった。


リシェルはオーウェンとランドルを護衛につけて夜市に戻っていた。

「オーウェン卿、クライヴとはどこで待ち合わせをしているんだ？」

「広場の噴水の前です」

そこは先ほどクライヴと別れたところだ。だがそれにしては長く歩いている気がした。

「噴水まで、もう少し近かった気がしたが……」

「そうですか？　ゆっくり歩きすぎたかもしれませんね」

オーウェンは困ったように苦笑する。リシェルは何ともいえない感じを受け、周囲を確認したが、身の危険を感じるものはなかった。それにすぐ後ろにもランドルがついているので、いざとなったらオーウェンと二人でリシェルを護衛してくれるはずだ。

大体、リシェル自身も護身術程度には剣を扱えるので、万が一でも多少は時間を稼《かせ》げる自信はあった。だがそう思っていても、何かすっきりしない気持ちが沸き起こってくる。

何だろう、このおかしな感覚……。

リシェルはその違和感が次第に大きくなるのを否めなかった。

あれ？　この露店、さっきも見た……？

リシェルはやっと違和感の正体を突き止めた。クライヴのところへ行くことに集中していたのもあって、あまり周囲の露店まで気が回らなかったのだが、何度も何度も同じ露店が視界に現れることに今さらながら気付いたのだ。しかも店主や客の表情や動作も先ほど見たものと違いがなかった。

同じ景色が何度も繰り返されている？

ひやりとした。リシェルは自分の後ろを歩くランドルに目を遣る。

もしかしてランドル卿もまやかし――。

ずっと彼はリシェルの後ろを歩いているが、この景色の露店のように、何度も何度も繰り返しランドルが見えているだけで実在しないかもしれない。リシェルはそれを確認するために彼に声を掛けた。

「ランドル卿、こちらへ」

だが後ろで護衛をしているランドルは、リシェルの声を無視して、黙々と後をついてくるだけだ。

やはり、ランドル卿も――――！

「っ！」

ランドルに気を取られていたら、いきなり右手を摑み上げられた。オーウェンだ。

「リシェル殿下、どうされたのですか？」

「オーウェン卿、君は本物のようだな」

「何を言われていらっしゃるのですか？」

「オーウェン卿……」

確かに目の前にいるのは、見知っているオーウェンである。だがどこか背筋が凍るような雰囲気を醸《かも》し出《だ》していた。

「オーウェン卿、君と私以外、すべてまやかしじゃないか」

「気付かれましたか」

彼が何でもない風に答える。途端、それまでの景色が煙のように不確かなものになり、消えていった。気付くとリシェルは暗い森の中に立っていた。

「これは……」

「魔法のカーテンを使ったんですよ」

オーウェンが状況とは似合わない穏やかな笑みを浮かべる。気味が悪かった。

「魔法って……。オーウェン卿、君は軽い魔法しか使えないはずだ。誰か協力者がいるということか？」

「そういうことになりますね」

隠し立てすることもなく、素直に答える。その余裕から、オーウェンがこの状況を楽しんでいるのを感じた。

「何が目的なんだ？　僕の命を狙っているのか？」

リシェルも心を落ち着かせながらオーウェンに問い掛ける。ある意味心理戦だ。弱気な態度を見せたほうが負ける気がした。

「殿下のお命を狙うなど、そんな畏《おそ》れ多《おお》いことはいたしません」

信じがたい。だがもし彼が言うことが本当で、彼の狙いがリシェルの命ではないというのなら、護衛のランドルの命を狙っていたのだろうか。

「ランドル卿はどこに？」

「夜市に置き去りにしてきました。魔法のカーテンを引けば、私が望む者以外、このカーテンの中の区域には入れないようになっていますから」

ということは、ランドル卿が目的ではないということだ。

やはり僕か――。

「どうしてそんなことをする必要が？　クライヴに会うんじゃないのか？」

「殿下はどうしてデートリッヒ卿をつがいに選ばれたのですか？」

「え？」

いきなりそんなことを問われるとは思っておらず、リシェルは一瞬言葉を失った。だがオーウェンはそんなリシェルの瞳を見つめたまま話を続ける。

「他の候補者に関しては、まったく審査もされなかったと聞いています」

「クライヴは親友で、気が楽だったからだ。それ以上の意味はない」

差し障りのない理由を口にしたほうが、クライヴに迷惑が掛からないと思い、そう答えた。

「だからこそ他の候補者をあえて確認しなかった。選ぶ予定がないのに審査するのは失礼だと思ったからだ」

「失礼だと思ったから……」

「君は僕の決定に不服ということか？」

リシェルが問うと、オーウェンの表情が歪められる。

「不服……。いえ、いや、そうなのかもしれません。殿下に恋焦《こ》がれていた候補者がいるかもしれないことを、少しも考慮してくださらなかったのですね」

「え……」

オーウェンに少し怯んで後退《あとずさ》りをすると、彼が右手をきつく握ってきた。

「――殿下のつがいになりたい」

さらに彼のもう一方の手がリシェルの襟元《えりもと》を摑んだ。恐怖がリシェルを襲った。

「オーウェン卿っ……」

襟元から服を引き千切られる。いくらお忍び用で平民服を着ていたからといって、そんなに簡単に裂けるはずがないので、かなりの力でもって引き千切られたのだと思った。

「聖痕……」

頭上でオーウェンの震えた声が聞こえる。その声に、リシェルが胸元に視線を遣ると、つがいの証《あかし》である赤い薔薇の形をした聖痕が露《あら》わになっていた。

「デートリッヒとは親友とおっしゃったのに……これは……」

聖痕はつがいとの性交で現れるものだ。そのためクライヴとの関係が一目でわかるものだった。

「オーウェン、手を放せ！」

そう叫ぶが、オーウェンのリシェルの右手を握る手に、ますます力が加わる。

「もし殿下が他の人間……私と性交をすれば、その聖痕は消える。そして聖痕が消えた後に、私が殿下のうなじを噛めば、つがいの契約が発動される……」

それまで余裕の笑みを浮かべていたオーウェンの表情が消えた。

「っ……」

「デートリッヒとのつがいも解消される」

「放せと言っている！」

リシェルは摑まれている右手に力を入れて、彼の手を振り払おうとしたが、簡単にはできなかった。一方、オーウェンはリシェルの抵抗をまったく無視して、自分の言いたいことだけを言い続けている。

「デートリッヒが不貞を働けば、奴は罰《ばっ》せられるが、王子である殿下が不貞を働かれても、殿下が罰せられることはない」

「僕はそんなことはしない！」

大声で否定すると、彼が不穏な笑みを口許に浮かべた。

「ですが、デートリッヒが死んでしまったら、そんなことを言っている場合ではありませんよね」

「え……」

「ああ、例えば、の話ですよ」

ざわざわとリシェルの背筋に嫌な悪寒が走った。

「クライヴに何かしたのか？　オーウェン、クライヴは僕と結婚した時点で王族だ。王族を害したら、極刑は免れないぞ！」

「私自身が手を下したわけではありませんし、誰にも真実はわかりませんよ。殿下の記憶も魔法によって消されますし、ね」

「記憶が……消される？」

オーウェンに協力している魔法師は、相当力がある者なのだろう。彼がこんなに余裕でいられるのもその証拠だった。

彼の手がグッとリシェルを引き寄せる。彼の躰と密着しそうになり、リシェルは躰を捩《よじ》らせた。

「私をつがいにしてください、リシェル殿下」

「私のつがいはクライヴ・カディス・デートリッヒだけだ！」

「強情ですね。ですが、それもこれでおしまいです。デートリッヒも今頃、弟を宿へ送る途中で出くわした夜盗に殺されて、黄泉《よみ》へと旅立っているでしょうからね」

「なっ……」

心臓が爆ぜる。同時に呼吸が苦しくなった。だが、リシェルはこんな男のたわ言を一瞬でも信じた自分を叱咤《しった》し、立ち向かった。

「クライヴがそんなに弱いわけがない！」

「デートリッヒも殿下とつがいにならなければ、こんな悲運な目には遭《あ》わなかったでしょうに」

悲運――！

リシェルが一番クライヴに対して気にしていたことだ。クライヴが自分とつがいになって、不幸にならないだろうか。彼にとって最善だったであろうか。生家の家族も共に幸せになれるだろうか――。

クライヴを幸せにしたい。だが、いつも自分の恋心を成就《じょうじゅ》するために、彼を犠牲《ぎせい》にし、不幸にしていないか、そんなことを自問していた。

なのに――――！

「関係ない君に、クライヴが悲運かどうかなどと、評されたくない」

彼を力いっぱい押し退けると、それまでびくともしなかったオーウェンの躰がふらつく。その隙を見て、リシェルは彼から離れて素早く剣を抜いた。

「僕から離れろ！」

それなりに時間稼ぎはできるだろうと、リシェルはオーウェンに剣を向けた。だが、彼は笑みを深くするばかりだ。

「剣など私には無駄です、リシェル殿下」

彼が指を鳴らしたかと思うと、リシェルの剣がいきなり思わぬ方向へ引っ張られ、手から離れてしまう。

「なっ……」

「殿下、魔法を甘く見ないほうがいいですよ」

「っ！」

彼の手が伸びてリシェルを摑まえようとしてくる。ひらりと身を躱《かわ》して踵を返し、リシェルはそのまま駆け出した。だが、ここはどこかわからない暗い森の中だ。逃げるにも限度があっ

B6判／定価792円（税込）
人を好きになれない男×
人に好かれたくない男の
拗《こじ》らせ恋愛バトル！
瀬戸《せと》うみこ
カスタマーベリック！
試し読みはこちら！

B6判／定価各759円（税込）
クールな付き人×
ピュアな主人、
焦《じ》れキュン駆け引き
ロマンス♥
上下巻2冊同時発売！
灰田《はいだ》ナナコ
主従リバーシドッグ㊤㊦
上巻の試し読みはこちら！
下巻の試し読みはこちら！

B6判／定価792円（税込）
コミュ強爽《さわ》やか男子×
悩める多汗《たかん》男子の恋♥
試し読みはこちら！
よも灯《び》
濡れ肌にキス

B6判／定価792円（税込）
コミックス未収録作を
1冊にまとめた
スペシャルBOOK!!
カラー16ページ収録!!
試し読みはこちら！
夏目《なつめ》イサク
飴色パラドックス
アソートパック

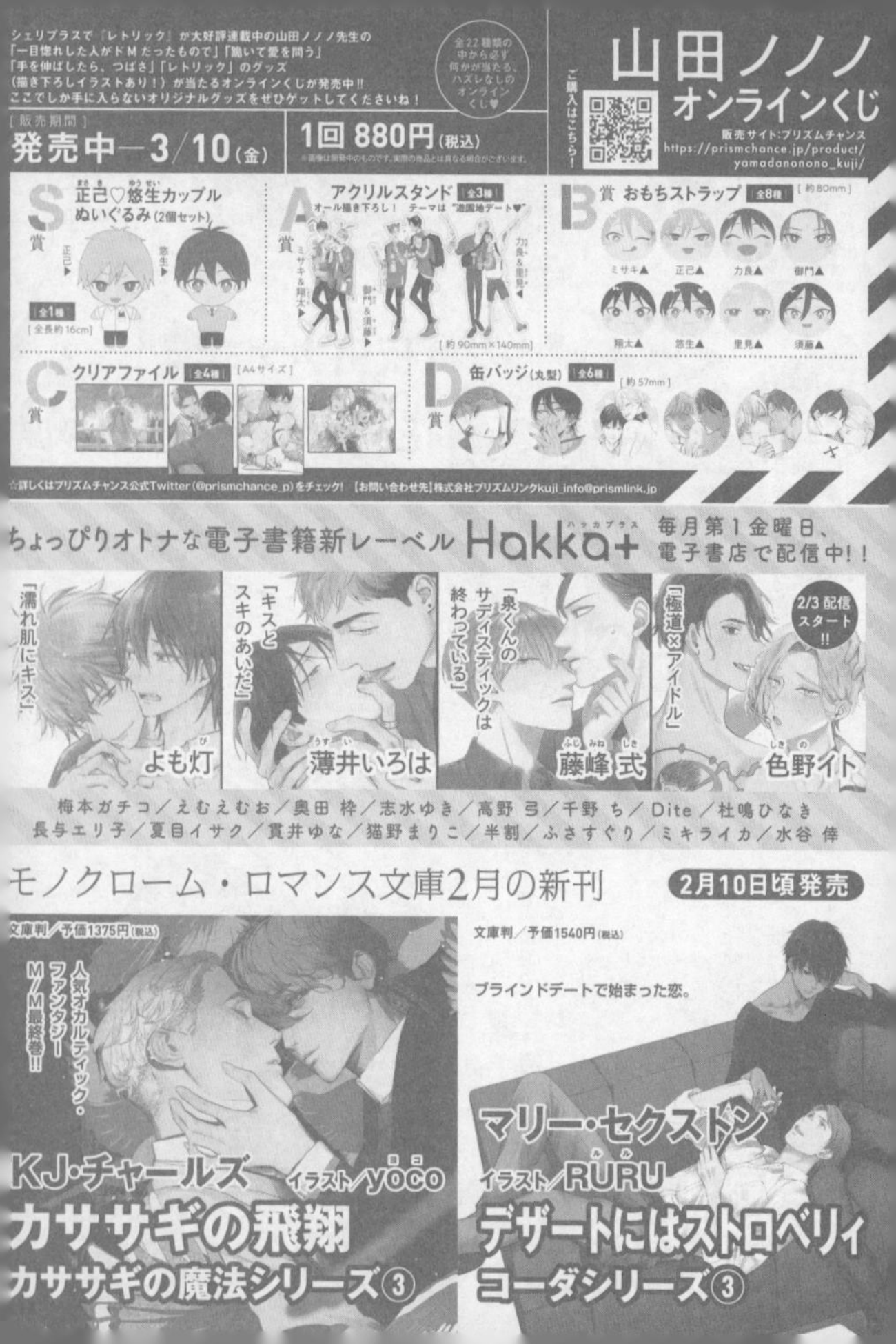

山田ノノノ オンラインくじ
ご購入はこちら！
販売サイト:プリズムチャンス
https://prismchance.jp/product/yamadanonono_kuji/
シェリプラスで『レトリック』が大好評連載中の山田ノノノ先生の
「一目惚れした人がドMだったもので」「跪いて愛を問う」
「手を伸ばしたら、つばさ」「レトリック」のグッズ
（描き下ろしイラストあり！）が当たるオンラインくじが発売中!!
ここでしか手に入らないオリジナルグッズをぜひゲットしてくださいね！
全22種類の中から必ず何かが当たる、ハズレなしのオンラインくじ♥
［販売期間］
発売中—3/10（金）
1回 880円（税込）
※画像は開発中のものです。実際の商品とは異なる場合がございます。
S賞 正己《まさき》♡悠生《ゆうせい》カップル ぬいぐるみ（2個セット）
正己▶ 悠生▶
全1種 ［全長約16cm］
A賞 アクリルスタンド 全3種
オール描き下ろし！ テーマは“遊園地デート♥”
ミサキ＆翔太▶ 御門＆須藤▶ 力良＆里見◀
［約90mm×140mm］
B賞 おもちストラップ 全8種 ［約80mm］
ミサキ▲ 正己▲ 力良▲ 御門▲
翔太▲ 悠生▲ 里見▲ 須藤▲
C賞 クリアファイル 全4種 ［A4サイズ］
D賞 缶バッジ（丸型） 全6種 ［約57mm］
☆詳しくはプリズムチャンス公式Twitter（@prismchance_p）をチェック！ 【お問い合わせ先】株式会社プリズムリンクkuji_info@prismlink.jp
ちょっぴりオトナな電子書籍新レーベル Hakka+《ハッカプラス》
毎月第1金曜日、電子書店で配信中!!
「濡れ肌にキス」 よも灯《び》
「キスとスキのあいだ」 薄井《うすい》いろは
「泉くんのサディスティックは終わっている」 藤峰《ふじみね》式《しき》
「極道×アイドル」 色野《しきの》イト
2/3配信スタート!!
梅本ガチコ／えむえむお／奥田 枠／志水ゆき／高野 弓／千野 ち／Dite／杜鳴ひなき
長与エリ子／夏目イサク／貫井ゆな／猫野まりこ／半割／ふさすぐり／ミキライカ／水谷 侔
モノクローム・ロマンス文庫2月の新刊
2月10日頃発売
文庫判／予価1375円（税込）
人気オカルティック・ファンタジーM/M最終巻!!
KJ・チャールズ イラスト／yoco《よこ》
カササギの飛翔
カササギの魔法シリーズ③
文庫判／予価1540円（税込）
ブラインドデートで始まった恋。
マリー・セクストン イラスト／RURU《るる》
デザートにはストロベリィ
コーダシリーズ③

表紙☆
大反響連載!!
后宮のオメガ
露久ふみ
TVドラマ放送中☆
超人気連載!!
巻頭カラー☆
夏目イサク
飴色パラドックス
カラーつき☆新連載!!
長浜 To Be. or Not To Be.
スカーレット・ベリ子
カラーつき☆
新連載!!
純愛ラブハウリング
しえろ
初登場
Collection：アマミヤ
ェリプラス
érit
ON SALE
奇数月30日発売
2023
3
極上の愛に酔う
BLマガジン
あずみつな／石原 理／えむえむお／カシオ
コウキ。／斉川 冬／サノアサヒ／ずんだ餅粉
千代崎／鶴亀まよ／なりた晴ノ／鳴坂リン
猫野まりこ／ユキムラ×一穂ミチ
ショートコミック 千野 ち／氷室 雫／堀江蟹子
コラム すず屋。
ドラマCD「2ndバージンのじょうずな捨て方」キャストインタビュー
イラストリレーエッセイ「萌えモノ語り」：渚アユム
アカウント @hakkaplus
小説ディアプラス編集部Twitterアカウント @n_dearplus
ドラマティック&♥な、ボーイズ・ラヴ・ノヴェル!!
小説ディアプラス
Dear+ フユ
2023
WINTER
COVER ILLUSTRATION：小山田あみ
定価：897円(本体815円+税)
3、6、9、12月の20日発売
第65回 小説ディアプラス・ペーパーコレクション
伊達きよ
大好評発売中!!
カラーつき♥
名倉和希
×石田惠美
宮廷シークレット・ロマンス♥
カラーつき♥
幸崎ぱれす
×采 和輝
ドラマティック・オメガバース♥
♥巻頭カラー♥
渡海奈穂×もちゃろ
突然見知らぬ世界に飛ばされた俺は……？ 異世界転移ファンタジー!!
萌え映画♥エッセイ
大木えりか
×
山田睦月
コミック
麻生 海
(原作：月村 奎)
松本 花
林らいす
安西リカ
×暮田マキネ
伊達きよ
×カワイチハル
可南さらさ
×金ひかる
木原音瀬
×カズアキ
スペシャル・ショート
間之あまの
第18回ディアプラスBL小説大賞結果発表
モノクローム・ロマンス
ショーン・マイケル
×スカーレット・ベリ子
ディアプラス文庫2月の新刊 文庫判／予価770円(税込)
2月10日頃発売
文学を愛する男たちの、人気シリーズ最新巻!!
菅野《すがの》 彰《あきら》
イラスト／麻々原絵里依《ままはらえりい》
色悪作家と校正者の初戀《はつこい》
オール書き下ろし、オメガバース・ファンタジー!!
ゆりの菜櫻《なお》
イラスト／カワイチハル
黄金のオメガと
蜜愛《みつあい》の偽装《ぎそう》結婚

ディアプラス・コミックス3月の新刊

3月1日発売

B6判／予価759円(税込)

アルファの男と見合いさせられそうになるハナだが……!?

左京亜也《さきょうあや》

高嶺《たかね》の花は、乱されたい②

B6判／予価759円(税込)

S級レンタル彼氏 × 社畜《しゃちく》男子、愛がいっぱいの同棲《どうせい》篇♥

七瀬《ななせ》

リミットハニー⑤

B6判／予価792円(税込)

ミステリアス塾講師 × 真面目な浪人生の、開花系 Dom《ドム》/Sub《サブ》ユニバース♥

かさいちあき

溺《おぼ》れる灰被り

B6判／予価各759円(税込)

「家族」に焦《こ》がれてきたふたりの愛と再会の物語。上下巻２冊同時発売！

ひつじま羊《ひつじ》

フェイク・ファミリー㊤㊦

飴色パラドックス × アニメイトグラッテ

開催日時 開催中～2023年3月12日(日)

開催店舗 アニメイト秋葉原2号館／吉祥寺パルコ／横浜ビブレ／仙台／大阪日本橋／岡山

クッキー出張販売店

アニメイト町田／名古屋

福岡パルコ／札幌

静岡パルコ／天王寺

※クッキー出張販売店ではアイシングクッキー、有償特典、開催記念グッズの販売をします。

コラボメニュー

■グラッテ(グラフィックラテ)〈全10種〉 イートイン550円(税込) テイクアウト540円(税込)

■アイシングクッキー〈全10種〉 イートイン495円(税込) テイクアウト486円(税込)

■有償特典アクリルコースター〈全10種〉

※飲食メニュー1点につき、＋500円(税込)で1点購入可能です。絵柄は選べません。

コラボグッズ

描き下ろしビッグアクリルスタンド〈全1種〉 1650円(税込)

ぱしゃって(SNS風クリアカード)〈全9種／ランダム〉 500円(税込)

マルチクロス〈全9種／ランダム〉 600円(税込)

※諸般の事情により変更・延期・中止となる場合がございます。

「飴色パラドックス」TVドラマ絶賛放送中!

・尾上聡《おのえさとし》役 木村慧人《きむらけいと》(FANTASTICS from EXILE TRIBE)

・蕪木元治《かぶらぎもとはる》役 山中柔太朗《やまなかじゅうたろう》

放送:MBSほかドラマシャワー

配信:TVer、MBS動画イズム、GYAO!で見逃し配信

Huluで見放題独占配信

キャスト、放送日など、詳細はこちらをチェック!

▶https://www.mbs.jp/amepara

©「飴色パラドックス」製作委員会・MBS

ディアプラス25周年記念展開催中!

総勢65組のカラーやモノクロの複製原画の展示やオリジナルグッズの販売など盛りだくさんでお届け♡

OSAKA

会期:2023.1.14(sat)～2023.2.26.(sun)

※大阪会場の展示内容は通期となり入れ替えはございません。また東京会場と展示内容が異なりますのであらかじめご了承ください(東京会場の縮小展示となります)。

※2月8日(水)、9日(木)は店舗棚卸のため休業となります。

会場:タワーレコードあべのHoop店6F SpaceABENO

営業時間 12:00～21:00(最終入場20:30)

入場料 前売:¥1,000(税込)／当日:¥1,200(税込)

※前売チケットは販売中です。(先着順販売)

※チケットのご購入には、タワーレコード店舗&オンライン共通メンバーシップサービス「タワーレコードメンバーズ」と「チケットぴあ」への無料会員登録が必要となります。チケット購入ページにはタワーレコードメンバーズのマイページよりアクセスいただけます。電子チケットは先着販売となりますので、スムーズなお手続きのため事前にご登録いただくことをおすすめいたします。

入場特典 描き下ろし両面漫画ペーパー

・左京亜也／須坂紫那　・志水ゆき／金井 桂

※入場時にどちらかのペーパーをお選びいただきます。

ディアプラス25周年記念展情報ページ

チケット購入についての詳細もこちらからチェック!

https://tower.jp/store/news/2022/09/118004

参加作家 総勢65組! (五十音順・敬称略)

青山十三／akabeko／秋芳ぴぃこ／阿部あかね／雨隠ギド／アマミヤ／あめきり／犬井ナオ／上田アキ／梅田みそ／影木栄貴 × 蔵王大志／鳳ゆずは／大麦こあら／奥田 枠／おげれつたなか／かさいちあき／金井 桂／河井英槻／河尻／木下けい子／草間さかえ／GO毛力／左京亜也／佐倉ハイジ／志水ゆき／白崎ナベ／須坂紫那／鈴丸みんた／須野なつこ／瀬戸うみこ／園瀬もち／宝井理人／琢磨／立野真琴／たらふくハルコ／千野 ち／露久ふみ／トビワシオ／夏村げっし／夏目イサク／南々子／七ノ日／名原しょうこ／並榎 雫／楢島さち／猫野まりこ／のきようこ／灰田ナナコ／はらだ／春田／ひじき／日ノ原 巡／星倉ぞぞ／待緒イサミ／松本 花／間宮法子／三池ろむこ × 砂原糖子／南月ゆう／もちゃろ／門地かおり／山本アタル／ヤマヲミ／ユキムラ／らくたしょうこ／りーるー

物販特典

①展示会場物販にて3,000円(税込)お買い上げごとに、ポストカードA(全19種)をランダムで1枚差し上げます。

akabeko、あめきり、梅田みそ、奥田 枠、金井 桂、左京亜也、志水ゆき、須坂紫那、鈴丸みんた、瀬戸うみこ、夏目イサク、宝井理人、楢島さち、待緒イサミ、三池ろむこ×砂原糖子、はらだ、春田、日ノ原 巡、南月ゆう

②展示会場物販にて10,000円(税込)お買い上げごとに、会場に展示されているLPジャケット風デザインボード(全19種・ポストカードAとイラスト共通)が当たる抽選シリアルコード+ポストカードB(全2種・選択可能)を差し上げます。

※前金受注商品、完売商品に関わらず、会場でお支払いいただいたお会計はすべて特典対象となります(配送料は除く)。

※会期終了後に予定しております事後通販に特典は付きません。

姉妹誌シェリプラス 10周年記念展グッ… 会場にて一部…

オリジナルグッズ

※会期終了後、事後通販を予定しております(受注商品など一部商品は除く)。

ぬいぐるみマスコット(全10種) サイズ:約130mm 価格:各1,750円(税込)

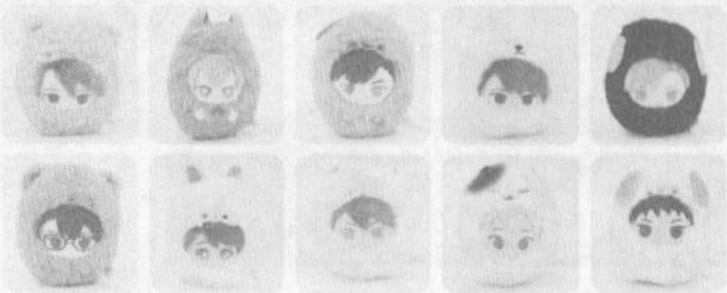

トレー…

受注商品 香水(2本セット・全3種) 価格:各12,100円(税込)

ポストカード(全65種) サイズ:約148mm×100mm 価格:各200円(税込)

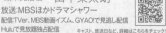

た。

クライヴ、クライヴ……。

「クライヴッ！」

リシェルの叫びが暗い森の中にこだました。

＊＊＊

夜市から少し離れた路地を、クライヴは弟のカイラスと一緒に歩いていた。さすがに夜市から離れると道も薄暗くなる。人の往来もほとんどなくなってきていた。

「カイラス、宿はまだか？」

「はい、あと少しです」

カイラスは楽しそうにクライヴを見上げて答えてきた。とてもよくできた『弟』だ。そう、とてもよくできた――、

「――とてもよくできた偽者だな」

カイラスの足がぴたりと止まる。そして穏やかな笑顔でクライヴを見つめてきた。

「兄上、どうされたんですか？」

「だが魔法臭《くさ》さを消しきれていない」

刹那、ギュンッと大きな風を切るような音が鼓膜に届いた――と認識する前に、クライヴの頭上に剣が振り下ろされる。クライヴは既に自分の剣を素早く抜いており、それを見事に受け止めた。

カシャーン！

夜空に剣戟《けんげき》の音が吸い込まれると同時に、少年は大きく跳ね飛ばされて、地面に尻もちをつく。

「き、きさまっ、どこで気が付いた」

動揺を隠し切れない少年をクライヴは冷めた気分で見下ろした。騙し切れていると思い込んでいた相手に呆れたからだ。

「どこで？　最初からだ。浅ましい色をした魔法を感じたからな」

ほぼ会ったと同時に、クライヴは目の前の少年が弟ではないことに気が付いていた。そして泣いた振りをしていた少年の頭を撫でた時に魔法式が意識に流れ込んできて確信したのだ。

やはり、カイラスではないな――と。

ただ、きな臭い感じがしたので、彼をリシェルから引き離すために騙された振りをして、ここまでついて来ただけであった。

「男よ、何故、私を狙う？」

「さあな」

「誰に頼まれた？」

「知らないな」

カイラスの見た目をしていても、その仕草からまったく別人であることが透けて見える。犯罪組織の輩《やから》だろうと簡単に想像がついた。

「私をどうする気だ？」

「どうする気だ？　って、はっ、今からあの世に行くんだよっ！」

男の袂《たもと》から無数の短剣が飛び出したかと思うと、クライヴの喉元目掛けて閃《ひらめ》いた。だがクライヴが手のひらを向けるや否や、すべての短剣が目に見えないものに弾《はじ》かれたように方向を変え、地面に音を立てて落ちる。クライヴが魔法を使ったのだ。

「よく避けたな、さすがは魔法騎士ということか。だがいつまで避けられるかな」

「いつまで避けられる？　なるほどカミール王国の近衛騎士団、魔法騎士も甘く見られたものだ」

男の周囲が光り出し、魔法陣が出現する。

「なっ……」

「いつまでも弟の姿をされているのも、不快だ」

「あぁぁっ……」

男の姿が光に焼かれるようにして、表面の皮が爛《ただ》れ落《お》ちた。その下からは別の男の顔が現れる。少年どころか三十歳前後の男だった。

「呪縛《じゅばく》」

「ぐっ……ぁぁっ！」

男が苦痛を感じたかのように悲鳴を上げた。全身が引《ひ》き攣《つ》り、筋肉が収斂《しゅうれん》するのが見て取れる。

「今はまだ殺さないから安心しろ。騎士団で取り調べを受けてもらうからな。お前を後ろで操っている人物を知りたいんでね」

「くそっ……こんなはずじゃ……っ……」

「残念だったな、私を殺せなくて」

「っ……お前を殺すことも……目的の一つだったが、もう……一つの……目的は、果たせ……たさ……くっ……」

「もう一つの、目的？　っ……」

クライヴはあることに思い当たり、急いで手元に回収鞄《かいしゅうかばん》を出現させた。手で持てないようなものを収納、回収する魔法の鞄だ。すぐに男がその回収鞄へと吸い込まれていく。

「あとで騎士団の本部へ連れて行く。この中で囚《とら》われていろ」

クライヴは言うや否や、魔法ですぐにその場から姿を消したのだった。

＊＊＊

「クライヴッ！」

「呼んでも無駄ですよ、殿下。あの男はとっくに夜盗に殺されているはずです！」

オーウェンの手がにゅっと伸びてくる。リシェルはその手から逃れ、森の中を走った。だがすぐに追い付かれ、手首を引っ張られる。

「あっ……」

「殿下、もう諦めて私とつがいになってください」

「やめろ……」

「ここで既成事実を作れば、殿下はもうあの男のつがいではなくなる。そして私と改めてつがいの儀式をしましょう」

穏やかな笑みを浮かべて話し掛けてくる男に、不快さしか感じない。

「放せ、私のつがいはクライヴだけだ。クライヴでなければ認めない」

リシェルは毅然《きぜん》として立ち向かった。本当は恐怖で足が竦《すく》んで動けない。だがここで彼に押し切られるわけにはいかなかった。

愛していると告げられるのはクライヴだけだ。自分のつがいはクライヴだけなのだ――。

「まったく強情な御方だ」

リシェルの手首を握っていない方のオーウェンの手が、リシェルの腰を抱いた。

「なっ、クライヴッ！」

カッ！

リシェルが彼の名前を叫んだ瞬間、夜空に閃光《せんこう》が走った。その光はやがて大きな塊《かたまり》となってリシェルとオーウェンを包み込む。リシェルは眩しくて目が開けられなくなった。

「リシェルを放せ、オーウェン」

刹那、クライヴの声がリシェルの鼓膜に響く。目を開けると、いつの間にかオーウェンが撥ね退けられ、リシェルとオーウェンの間にクライヴが立っていた。

「クライヴ……」

「遅くなってすまない、リシエ……」

「うおぉぉおっ、デートリッヒ、貴様っ！」

いきなりオーウェンが声を上げ、クライヴに斬《き》りつけてきた。だがすぐに何かに弾かれたように吹っ飛ぶ。たぶんクライヴが魔法を使ったのだ。

「くそっ……」

地面に叩きつけられたオーウェンが立ち上がる。

「デートリッヒ、どうして、お前がここにいるっ！」

「どうして？　オーウェン、貴様が自分で魔法のカーテンを解くというミスをしたのだろう？」

「っ……」

オーウェンがしまったという顔をするが、それを見下ろすクライヴは見たことがないほど冷ややかな目をしていた。

「だが、たとえ貴様が墓穴を掘らずとも、元々、貴様が今回護衛に配属された時から、追跡魔法をかけておいたから、どこへ隠れてもわかるようにしていた」

どうやらクライヴは最初からこのオーウェンを信用していなかったようだ。

「くそっ、くたばれ、デートリッヒっ！」

オーウェンが再び剣を振りかざす。リシェルは思わず躰が動き、クライヴを庇《かば》うように前へと出た。

斬られる――！

本能的に身構える。しかし衝撃はいつまで経《た》ってもこなかった。恐る恐る目を開けると、オーウェンの躰が光に包まれているのが見える。そのままオーウェンはみるみるうちに小さくなり、クライヴの腰にあった魔法の回収鞄へと吸い込まれていった。

「オーウェン、貴様を騎士団で査問《さもん》する。本当はここで殺してやりたいところだが、規律を無視してリシェルのつがいとしての私の評価を下げることはできない。命拾いしたと思え」

クライヴは回収鞄の中に入ったオーウェンに告げ、鞄の蓋を閉めた。

「……クライヴ」

リシェルの声にクライヴが優しい表情を零した。

「すまない、リシェル。遅くなった」

「クライヴ！」

クライヴにきつく抱きつく。彼が死んだと聞かされていたこともあり、安堵のあまり涙が溢れてしまった。

「よかった……クライヴが生きていてくれて……よかった……」

みっともなくも涙声になってしまう。だがクライヴはそんなリシェルの姿に笑うこともなく、そっと頭を撫でてくれた。

「生きているに決まっているだろう？　君は私の剣の腕を認めていないのか？」

「認めている。けど……っ……」

もしものことを考えると、怖くて堪らなかった。自分がいかにクライヴを愛し、そして心の支えにしていたか思い知らされる。

「生きた心地がしなかった……」

「私もだ。だからこそリシェル、一つ注意をさせてくれ」

リシェルは顔を上げ、精悍《せいかん》なクライヴの顔を見つめる。こんな時に不謹慎《ふきんしん》かもしれないが、悔《くや》しいくらいクライヴはかっこよかった。

じっと見つめていると、クライヴが視線をちらりと逸らし、そしてまたリシェルに戻した。

「……君はいつも無茶ばかりする。今も私を庇うなんて、どうしてそんなことをしたんだ？」

リシェルが危険な目に遭うかと思うと、私の心臓が幾つあっても足りないぞ」

「僕も同じだ。君が危険に晒されているのに、ただ見ているなんてこと、できないからな」

「リシェル……」

クライヴがいきなりリシェルをぎゅうっと抱き締めてきた。リシェルはされるがままにクライヴの胸に頬を預ける。それだけで緊張していた心が和らいで、ほっとした。

「あともう一つ、私が渡した守護の魔法を施したバングルをどうして付けていないんだ？」

あ……。

初夜の時に、クライヴが自ら腕に嵌めてくれたバングルのことだ。中央にかなり力のある真紅の魔法石が嵌め込んである高価なもので、リシェルの宝物の一つとなっていた。

「あれは……クライヴがくれたものだから、大切すぎて失くすのが嫌で、この旅行に持ってきてはいるが、しまってある」

「はぁ……」

これ見よがしに思いきり大きなため息を吐かれる。

「君を守るためのものだ。せめて私がいない時は常に嵌めていてくれ」

「……わかった」

彼に大切にされていることが伝わってきて、リシェルはクライヴの胸にぐっと顔を埋めた。

好きだ、クライヴ……。

リシェルは心の中だけでそっと呟き、目を閉じた。

◆ Ⅷ ◆

結局、この誘拐未遂事件のお陰で、リシェルとクライヴの新婚旅行はたった二泊三日で中止され、二人は護衛騎士と共に王都へと戻ってきていた。

本来なら二人の護衛をするはずの騎士が、まさか襲撃するとは誰もが想定しておらず、その知らせに王宮は騒然となっている。

今後、二人の護衛にはつがい候補者だった者は排除する方向で話が進められていた。そのため護衛を再編成するまで、新婚旅行は延期になり、クライヴが捕まえた魔法師とオーウェンは、それぞれ取り調べを受けている。

「調査の途中経過だが、四大公爵家とは関係ないという報告がきている」

リシェルがクライヴと中庭でお茶を楽しんでいると、新婚旅行が延期となっても特別休暇中ということで職務に戻ることを許されなかったクライヴが、騎士団からの報告を教えてくれた。

「私がリシェルのつがいになったことで、四大公爵家の力関係に少し影響を及ぼしているのは事実だから、今回の事件は他の公爵家が絡んでいるのではないかと疑っていたんだが……」

「僕が、親友である君がいいと我が儘を通したせいで、面倒ごとが増えているということか

「……」

「我が儘ではないだろう？　リシェルが自ら熟考《じゅくこう》して選んだんだ。当たり前の行為だ。誰からも非難される謂《いわ》れはない。それこそ私は君に選ばれた栄誉を、他の公爵家の嫉妬で穢《けが》されたくないと思っている。それにリシェルが誰をつがいに選んでもやっかむ輩は出て来るさ」

「う……何気に栄誉とか言うなよ、恥ずかしいだろ。ったく、それよりも話を戻すけど、クライヴの命を狙うとしたら、同じ武官のフォンターナ公爵家だよな。君に何かあったら次期右大臣に任命されるかもしれない」

「その線が強いと思っていたんだが、オーウェンとフォンターナ公爵家はあまり接点がないんだ」

カミール王国は国王の下に、武官の右大臣家、文官の左大臣家が控えており、二家とも宰相という位置づけで王政の補佐をしている。

現在の右大臣家はクライヴのデートリッヒ公爵家で、左大臣家はサスベール公爵家であった。そしてその他に、武官のフォンターナ公爵家と文官のダンデ公爵家がある。この四家のことを四大公爵家と呼んでいた。

両大臣を任命されるのもこの四大公爵家の当主でなければならなかった。さらに任期は国王が代替わりする際か、大臣家の当主交代の時、または大きな不正を犯した場合、それ以外でも退任に値《あたい》すると判断された場合に、『王の閣議』によって決められることになっている。

「――オーウェンは、本当にリシェルのつがいになりたかったのかもしれない。だがその想いが何かしらの権力闘争に巻き込まれた可能性もある」

「そうだな、権力闘争に巻き込まれなければ、彼もこんな大胆《だいたん》なことをしようとは思わなかったかもしれない。それに君が言うように、本当に彼が僕のつがいになりたかったのなら、君が馬車で彼が元候補者だと教えてくれたのに、大して何もしなかった僕にも原因がある。彼とも一緒に旅をするんだ。彼に誠意を示すためにも、何か言葉だけでもフォローすべきだった。そうしたら変な勘違いをさせなかったはずだ」

「は？　何を言っているんだ。駄目だ。絶対に駄目だ。もしそんなことをしたら君がオーウェンに接触しようとするのを断固阻止《そし》していたからな」

速攻で否定され、リシェルは思わず呆《ほう》けてしまった。

「え？」

「大体、君のつがいは私だ。私から君を奪おうなど考えること自体、いい度胸だ。オーウェンめ」

などと言ってにやりと笑みを浮かべているが、魔法師の黒いオーラを隠し切れておらず、怖い。

リシェルはこの場を和やかにするために作り笑いを浮かべ、適当に彼を慰めようとしたが口を滑らせてしまう。

「はは、クライヴ……それではまるで君が僕に恋でもしているような言い方じゃ……」

じゃない、しまった。そんなこと言うつもりではなかったのに――っ。

案の定、言われたクライヴも固まっていた。

どうしよう……。一番繊細な問題を自分から口にしてしまった――。

クライヴは優しい男で、つがいになった理由が家族のためであっても、リシェルのことを大切にしようと努力をしてくれているはずだ。だからこそオーウェンに怒りを表してくれたのだろう。

だがそう思う一方で、またリシェルの心が痛んだ。

未だ生家の家族を守るために、デートリッヒ公爵の命令で仕方なく結婚したのだという事実がリシェルの心を苛むのだ。リシェルがつがいにならないかと誘わなければ、もしかしたら彼はオリヴィアと素敵な人生を歩めたかもしれないし、もしかしたらリシェルと結婚しなくとも、彼の生家もどうにかなったかもしれない。

いつも、もしかしたら、もしかしたらと考えてしまう。

すべて自分の妄想だと思い込もうとしても、不安は大きくリシェルに伸《の》し掛《か》かってきた。アカデミーの時にクライヴに不安についてアドバイスしたというのに、その本人がまだまだ不安に打ち勝てないのだ。情けない。

「そんなに困った顔をするな、リシェル」

リシェルが固まっていると、それを見兼ねたのかクライヴが声を掛けてきた。

「大丈夫だ。私は君の親友だ。それをとても誇りに思っている」

「クライヴ……」

彼が誤解したことにすぐに気が付く。リシェルが表情を曇らせたのを見て、彼は親友の一線を越えないから心配するなと、そう言いたいのだろうと理解した。

このままではいけない――。

いつか本当にクライヴに好きになってもらいたいのなら、誤解を解かなければならない。だがそれを正す勇気が今はまだなかった。

「ごめん、クライヴ。いろいろと気を遣わせるな」

「謝るなよ。そんな顔を君にさせたくないから、私はここにいるんだ。それより、明日、定例舞踏会があるそうだな」

リシェルとクライヴを誘拐しようとした犯人をすでに捕まえていることもあり、明日、予定通り国王主催の舞踏会が開催されることになっていた。

「ああ、父上が気晴らしに僕たちにも参加したらいいと言われていた」

急な話だったが、父なりの気遣いだった。それにクライヴとリシェルが仲睦《なかむつ》まじいつがいであることを社交界でアピールすれば、今回のようにつがいを解消させようとする輩も減るのではないかという思惑もある。

「クライヴがよければ舞踏会に参加したいと思う。僕たちが今回の事件で動揺していると、危害を加えようとしていた輩に思われたくない。何でもない様子を見せて、堂々としていたい」

「はは、相変わらず強気だな。だが実は私も参加したいと思っていた。本当に公爵家の誰かが裏で糸を引いているのなら、それを探るのにいい機会だと思わないか?」

クライヴが人の悪い顔をする。予想以上の反応にリシェルも頷いた。

「なるほど。確かに犯人を捜す舞台としては、王宮の舞踏会は僕たちにとって最高の場所だ。この国で一番警備も厳重《げんじゅう》な場所だから相手もそうそう簡単に手を出せないだろうし。じゃあ、明日は参加だな。よろしく、クライヴ」

「ああ、これ以上ないってくらい、仲睦まじいつがいとして舞踏会で話題になろう」

「え、よろしくって言うのは、探るほうのことだけど」

「それもそうだが、今後のことも考えて、二人の親密さを世間にアピールするのも重要だろう? 勘違いして君のことを狙う莫迦な輩がまた現れるかもしれない」

「僕だけじゃないだろう? 君を狙う人間だっているかもな。何しろ君はアカデミーでも人気者だった」

「君には負けるさ」

そう言ってクライヴは誰もが見惚れるような笑みをリシェルに向けてくる。

無自覚だからなおさら、質《たち》が悪い……。

リシェルは小さく胸をときめかせながら、ぷいっとクライヴから視線を外した。

月に一回開催される国王主催の舞踏会は、いつもと変わらず多くの貴族が招かれていた。

「あら、リシェル殿下ですわ。つがいでいらっしゃるクライヴ殿下もご一緒ね」

婦人らがリシェルとクライヴに気付き始める。

「新婚旅行先で何か問題が起こったとのことで、戻られたそうよ」

「それで今夜の舞踏会にお顔を出されたということね。お二人が並んだ姿を目にできるなんて運がいいわ」

大勢の人の視線がこちらに向けられているのを感じる。リシェルはクライヴにエスコートされて招待客に挨拶をしながら歩いた。

結婚して初めての社交界ということもあって、二人とも多くの人に囲まれた。

その中にはクライヴの義父、デートリッヒ公爵もいる。リシェルは率先して声を掛けた。

「デートリッヒ公爵、今宵《こよい》は楽しまれているでしょうか?」

クライヴが王族の一員となった今、義父の公爵よりも位が高くなったため、公爵もクライヴに対して前ほど高圧的な態度を示さなかった。

「お心遣いありがとうございます。両殿下には益々のご健勝、心からお祈りしております」

「ありがとうございます、公爵」

舅でもあるので、他の招待客よりも長めに話をしていると、背後から侍従がそっとやってきて、クライヴに何かを耳打ちした。

「リシェル、少しすまない」

クライヴが断りを入れて、侍従と小声でやりとりを始める。

何かあったのだろうか……。

気に留めていると、デートリッヒ公爵がリシェルに小声で話し掛けてきた。

「我が倅《せがれ》が、なかなか行動に移せず、背中を押させていただきましたが、倅は役にたっているでしょうか？」

背中を押す――？

公爵から意味ありげな言葉を聞き、リシェルは目を瞬《しばた》いた。

「ええ、クライヴには助けてもらっていますよ……あ」

『クライヴ、お前は私への恩を忘れるではないぞ？　いいか、その際はリシェル王子の花婿に立候補し、必ずや王子と結婚するのだ。わかったな。さもなくば、お前の家族への支援は打ち切ると思え』

もしかして、あの言葉は――。

リシェルは改めてデートリッヒ公爵の顔を見つめた。公爵は笑みを浮かべると、意味ありげな言葉を残したまま会釈をして去って行った。

背中を押すって……、まさか僕にプロポーズさせるために、わざとクライヴにあんなことを言った？

「そんな……」

でもどうしてそんなことを……。

僕のクライヴへの気持ちを公爵は気付いていたのだろうか……。それで僕に恩を売って、更に地位を盤石《ばんじゃく》にしたいとか――？

よくわからない。

だが、どちらにしてもデートリッヒ公爵が一筋縄ではいかない御仁《ごじん》であることには間違いない。

「どうした？　リシェル」

用事を終えたらしいクライヴが戻ってきた。

「いや、何でもない。それよりクライヴ、何かあったのか？」

「セイン殿下が舞踏会に遅れて来るらしい。それで舞踏会の始まりのダンスを私たちで踊ってほしいという依頼だった」

王族の誰かが最初にダンスを踊り始めてから、貴族たちが踊るのが慣例だ。

「わかった。兄上、何かあったのかな」

「わからないが、そんなに深刻な感じではなかった」

「ならいいけど……」

リシェルとクライヴはその後も四大公爵を始め、多くの貴族と言葉を交わし、そしてようやく挨拶も一段落し、二人で飲み物を手にし、ボールルームの隅へと移動した。

「誰からもあまり悪意を感じなかったな」

クライヴがリシェルにしか聞こえないくらいの声で話しかけてきた。

「ああ」

「まあ、あの四大公爵家の狸《たぬき》オヤジたちが簡単に自分の感情を外に出すとも考えられないが、今回のオーウェンの事件とは無関係の可能性のほうが高い気がする」

「僕もそれを感じた。確かに多くの策略は巡らせている気配はしたが、公爵たちの中で、僕たちを殺そうとしている人間はいないように思えた。君が公爵らに、あからさまに権力を一つの公爵家に集中させないように弁《わきま》えると明言したのも大きかったかもしれないが」

クライヴは公爵らに、四大公爵家の均衡《きんこう》を崩すことはしないよう、黄金のオメガのつがいとしてこれからも自分を律するとそれぞれの公爵に公言したのだ。

「まあ、それもあるが、寧《むし》ろ黄金のオメガである君に手を出せば国家転覆《てんぷく》の疑いを掛けられる。そのリスクを冒《おか》すよりは、この状況下でいかに家門を繁栄させるかのほうが、彼らにとって重要課題だから、騒ぎを起こしたくないのが本音だろうな」

「では、四大公爵の力の均衡に関係するトラブルではないとしたら……」

オーウェンは確実にクライヴを殺そうとしていた。本当に僕のつがいになりたいから、クライヴを排除したかったのか――？

だが、王子のつがいを殺して、その座に収まることはまず不可能である。『王族殺し』は最も罪が重いとされる犯罪だ。アリバイを作り逃げようとしても、必ず捕まえられて極刑に処される。それゆえに、リシェルのつがいになりたいから邪魔なクライヴを殺すというのは、短絡的で稚拙《ちせつ》すぎる犯行理由だった。

「もし、オーウェンが本当に僕のつがいになりたかったという理由で君を殺し、すべての記憶を魔法で消すとしても、魔法の痕跡《こんせき》を調べればすぐにわかることだ。完全犯罪を目論《もくろ》むには、あまりにもお粗末な計画だと思わないか？」

「……どうしても手に入れたいという狂気に駆られた人間は、何をするかわからないがな」

「え……」

リシェルがクライヴの言葉に視線を上げると、彼が話を続けた。

「君が私を選んでくれなかったら、私も彼の立場になっていたかもしれない」

彼の双眸がすっと細められる。どうしてか少し恐怖に似た感情がリシェルの胸に沸き起こった。

「クライヴ？」

リシェルの声にクライヴが俄かに瞬《まばた》きをすると、軽く首を横に振る。

「君が親友という理由で私を選んでくれてよかった、ということが言いたかったのさ」

「クライヴ……」

「そろそろダンスが始まる」

彼が楽団の様子を見て、話題を変えてきた。

「リシェルと私の仲睦まじいワルツを見せないとな」

「卒業記念パーティー以来だ」

そう言いながら、リシェルはクライヴの手を取った。

『君が私を選んでくれなかったら、私も彼の立場になっていたかもしれない』

クライヴも家族を盾にとられていたのだ。リシェルが違う相手をつがいに選んでいたら、彼も何かしら行動を起こしたかもしれないということだろうか。

たとえ家族を助けるためでも、リシェルに昏《くら》い執着を見せてくれたかもしれない。

その執着を見てみたかったという想いと、自分を愛していないのに、偽りの愛を囁くクライヴを見なくて済んだという安堵が、綯《な》い交《ま》ぜになってリシェルを複雑な気持ちにした。

やはり僕からつがいを申し入れてよかったな――。

少し寂しい想いが胸を掠《かす》めるが、それは心の奥底にしまい込み、そのままボールルームの中央にクライヴと二人で向かう。すぐにリシェルの想いとは裏腹なテンポのいいワルツの曲の演奏が始まった。

一曲目が終わる。リシェルはクライヴと軽やかにワルツを踊り、周囲の視線を集めていた。

「本当に仲がよろしくて、見ていて微笑《ほほえ》ましいですな」

「アカデミー時代からのご学友だそうですから、気も合われるのでしょう」

リシェルたちにも招待客からの声がちらほら聞こえてくる。二人は顔を見合わせてにこりと笑った。二曲目以降はしばらく他の相手と儀礼上踊らなくてはならない。周囲に視線を向ければ、クライヴまたはリシェルと踊りたいとばかりに待っている招待客が数人、こちらを見て待っていた。

「お互いに社交界の責務を果たしに行きますか」

「リシェル、また後で一緒に踊ろう」

「ああ」

二人がボールルームの中央から離れた時だった。いきなり周囲が騒然とした。

人々のざわめきに周囲を見渡すと、ちょうど第一王子のセインがボールルームにパートナーを伴《ともな》って入場するところだった。

「まあ、今夜のセイン殿下のファーストダンスのパートナーはシャンドリアン・ジア・ロレンターナ侯爵令息ではございませんのね」

「あちらはサスベール公爵家の御令嬢ですわ」

周囲の囁きを耳にし、リシェルも目を凝《こ》らす。セインの隣には綺麗に着飾った女性が立っていた。いつもパートナーを務めていたシャンドリアンではない。

舞踏会に遅れた理由って……。確かに兄上は、シャンドリアン殿とは、契約した関係だと言われていたが……。

兄の隣にシャンドリアンがいないのは、リシェルから見て、何とも寂しい気がした。それくらいお似合いに見えたからだ。

「いよいよ王太子殿下のお妃を選ばれるのではありませんか?」

「シャンドリアン様が一番の有力候補と耳にしておりましたが、そうとも言えませんな」

会場の貴族たちが今夜の兄のパートナーを目にし、各々好き勝手なことを言い出した。

リシェルは先日、セインには五人の妃候補者がいるのを聞いている。セイン自身も、そろそろその候補者の一人ずつと顔合わせをすると言っていたが、実は既に密かに相手を決めているとも口にしていた。リシェルも以前父王にも言われたが、セインの妃候補者に対して意見を述べる立場になるので、少しでも兄の味方でいたかった。

『――妃の選定に、リシェル、お前も協力をするように。お前が黄金のオメガである限り、セインのつがいには大きく関わってくる』

リシェルが黄金のオメガである限り、王妃の産んだ子供が王になれない可能性が高い。将来王位争いで国を乱さないためにも、事前にリシェルとの話し合いが必要なのだ。そしてこのことを承諾《しょうだく》しなければ、王太子妃の資格はないとされていた。

サスベール公爵令嬢……。僕も少し様子を見てみようかな……。

「クライヴ、僕は次に兄の妃候補の御令嬢にダンスの相手を申し込もうと思うから、先に彼らとダンスを踊ってきてもらっていいか？」

彼らと言いながら、ボールルームの隅で、リシェルとクライヴにダンスを申し込もうと待機している貴族にちらりと目を移す。

「わかった。じゃあ、また後で」

クライヴもリシェルの言いたいことを理解し、ボールルームの隅へと去っていった。すぐに多くの貴族がクライヴの周辺に群がる。その様子を見て、クライヴの人気を再確認し、リシェルも彼が王子のつがいとして貴族に受け入れられていることに安堵した。

「さて、公爵令嬢が兄上とのダンスを終えたら、声を掛けに行くか……」

リシェルはワルツが演奏される中、ちょうど通り掛かった使用人から飲み物を受け取る。招待客の何人かがリシェルに話し掛けたそうなのを感じ、それに気づかない振りをして、会場全体に気を配った。

すると見知った青年が隠れるようにしてバルコニーへ出ていくのが目に入る。

シャンドリアン殿――？

どこか傷ついた表情をしているように見えた。何となく今夜の兄のファーストダンスのパートナーになれなかったことに傷ついたのではないかと思える。

兄とシャンドリアンとはお互いの利害関係が一致し行動を共にしていたが、シャンドリアンがそれだけの感情ではないものを兄に抱いているような気が、リシェルにはしていたからだ。

シャンドリアンを追うべきだろうか。それともここに残って公爵令嬢に次のダンスの相手を申し出るべきか……。

リシェルはしばらく逡巡《しゅんじゅん》したが、公爵令嬢とのダンスはもう少し後でも構わないと結論付け、シャンドリアンの後を追った。

バルコニーへ出ると、ボールルームの熱気とは無縁で、初夏の宵の爽《さわ》やかな空気がリシェルの火照《ほて》った頬を冷ましてくれ、気持ちが良かった。

ボールルームからの明かりが差し込んでいるのでバルコニーはそんなに視界は悪くない。リシェルはバルコニーの片隅で寂しそうに佇《たたず》んでいるシャンドリアンを見つけた。ふと、彼と視線が合う。彼の頬が涙に濡れ、ボールルームからの明かりできらきらと輝いていた。

リシェルはシャンドリアンの涙を見てさすがに気まずくなり、ひとまずその場を去ることにする。

「先客がいるとは知らず、失礼しました」

そう告げて、リシェルが踵を返そうとした時、シャンドリアンから声を掛けられる。

「お待ちください」

シャンドリアンはすぐに涙を拭うと姿勢を正し、胸に手を当て、そのまま頭を垂れた。王族に対する貴族の正式な挨拶である。

「第三の王子、リシェル殿下に、シャンドリアン・ジア・ロレンターナがご挨拶申し上げます」

「シャンドリアン殿、顔を上げてください」

リシェルの声に、シャンドリアンが反応し、顔を上げた。涙の痕は綺麗に拭《ぬぐ》いとられたようで、もうその痕跡はない。リシェルは何も気付いていない振りをして挨拶をした。

「ご無沙汰《ぶさた》しています。シャンドリアン殿」

「こちらこそご無沙汰しております」

シャンドリアン・ジア・ロレンターナ侯爵令息。大貴族の一つ、ロレンターナ侯爵家の次男ということもあり、礼儀作法の所作も美しく、さすが第一王子セインの妃候補の筆頭と見られている青年だ。

「星が綺麗な夜ですね」

リシェルは当たり障《さわ》りのない言葉を選んで会話を続けると、彼が社交辞令程度の笑みを浮かべる。

「そうですね。舞踏会に相応しい夜かと存じます。リシェル殿下は何かこちらに御用でいらっしゃいましたか？」

ボールルームの明かりに照らされたシャンドリアンの瞳が少し潤んでいるのに気づいた。

「あ、いえ。少し休憩しようかと来たまでです」

若干《じゃっかん》、苦しい言い訳なことはわかっている。幾《いく》つもバルコニーがあるのに、彼と同じバルコニーに追いかけるように入ってきたら、用事があると思われるのが普通だ。案の定《じょう》、シャンドリアンは小さく笑った。

「失礼ですが、殿下は嘘がお下手《へた》ですね。本当は私のことを気にして、こちらにおいでくださったのでしょう？」

「え……いや……そうですね」

仕方なく素直に認めると、シャンドリアンはまた笑った。

「セイン殿下とのことで御心配くださったのですね」

すっかりリシェルの考えを理解しているようで、簡単に言い当てられる。

「お気遣いくださり、ありがとうございます」

シャンドリアンが寂しげに微笑んだ。ボールルームから賑やかな音楽が聞こえてくるが、それが余計寂しさを色濃くさせた。

「セイン殿下が他の候補者とダンスをする日が来ることは覚悟しておりましたが、いざ目にすると、なかなか辛いものがあります」

リシェルも彼の言葉に胸が痛くなる。

もしリシェルがオメガとして覚醒していなかったら、クライヴもリシェル以外の誰かを伴侶として選ぶ日が来るはずだった。

その時、リシェルは今のシャンドリアンのように、陰でクライヴが誰かとダンスをしているのを見ているしかなかっただろう。

辛い——。

きっと辛くて、その場から逃げ出してしまうに違いない。

リシェルはシャンドリアンの気持ちが痛いほど理解できた。

「……兄は今から妃を選ぶことになりますので、これからも複数の候補者と多くの祭典に参加することになります。あまり傷つかれませんよう」

「わかっております。他の妃候補者の方々とそれなりにお付き合いなさらないと、建前上、妃を選ぶことはできませんから、しばらくは仕方がないことだと思っております」

何となくシャンドリアンの言葉に違和感を覚える。まるで自分が王太子妃に選ばれるのを当然ととらえているような感じがしてならなかった。

『彼は私の後輩というだけで、実は二人で秘密の取引をしている——』

セインの言葉がリシェルの中で蘇った。もしかしてシャンドリアンはリシェルがそのことを知らないと思って、言葉を選んで会話をしているのかもしれない。

そうならば、あまり余計なことを言わない方がいいだろう――。

「そうですね。シャンドリアン殿の言われる通りですね」

リシェルは早々にその場から離れようとしたが、シャンドリアンがふと口を開いた。

「――ただ、憂慮《ゆうりょ》すべきことはありますが」

「憂慮？」

思わず足を止めてしまう。

「ええ、セイン殿下と結婚できても、リシェル殿下が産む子供に悩まされなければならないという憂慮が――」

刹那、人間業とは思えないほどのスピードでシャンドリアンが間合いを詰め、リシェルの腕を掴んだ。まるで魔物のような動きだ。

「シャン……」

ジュワッと液体が蒸発するような音が聞こえたかと思うと、リシェルの意識が飛んだのだった。

◆ Ⅷ ◆

冷たい。そして熱い——。

リシェルは自分の躰の奥から沸き起こるじんじんとした痺《しび》れを伴った熱に、意識を浮上させた。

周囲は薄暗い。そして自分は冷たい石の床の上に寝かされていた。

ここは——?

理解できない状況に、自分の記憶を探る。今まで王宮内の舞踏会に参加していたはずだ。シャンドリアンを見つけてバルコニーへ追いかけて——。

「目が覚めましたか?」

突然声を掛けられた。シャンドリアンの声だ。

「う……」

起き上がろうとしても、手足に力が入らなかった。それに気付いたシャンドリアンが何故か楽しそうに口を開く。

「リシェル殿下、もう少し警戒心を持たれたほうがいいですよ」

彼が近づいてきてリシェルの傍で屈《かが》んだ。彼の顔がしっかり目に入ったが、どこか禍々《まがまが》しい印象を受けた。いつもとは違う。

「シャンドリアン……殿……？」

「ははっ、少し悲しげな顔で涙を見せただけで、こんなに簡単に引っ掛かってくれるとは、こちらとしても拍子抜けですよ」

シャンドリアンはそう言うと、誰かに命令をした。

「身を起こすのを手伝って差し上げろ」

すると、見知らぬ男が、まだ立ち上がれないリシェルの顎を軽く持ち上げた。途端、ぞくぞくっとしたおかしな疼きがリシェルを襲った。

「くっ……」

意味がわからなかったが、リシェルがシャンドリアンの顔を見上げると、彼が胡散臭《うさんくさ》いとも言えるような笑みを浮かべた。

「ああ、薬で無理やり発情させたから、躰がいうことをきかないのかもしれませんね」

「な……」

先ほどからの躰の芯に纏わりつくようなおかしな熱は、覚えのある発情時の症状だった。

「アルファは用意できませんでしたが、代わりにベータを揃《そろ》えておきましたから、みんなに抱いてもらうといいですよ」

暗さに目が慣れてきて、部屋の様子がわかるようになる。部屋の壁には十人ほどの男たちが下卑《げび》た笑みを浮かべ、リシェルを窺っているのが見えた。

「っ……どういうことだ？」

「殿下をただ殺すだけでは気が済まないということですよ。殺す前に、すべて——矜持《きょうじ》や理性、そして黄金のオメガという立場を粉々に砕《くだ》いてやりたい。僕を困らせた罪はきちんと償ってもらいたいですからね」

「何を……」

「全員に抱いてもらえば、相手がベータでもきっと気持ちよくなって堪らなくなるでしょう。そうしているうちに、その聖痕もすぐに消えるでしょうしね」

聖痕——。

シャンドリアンはこの聖痕を消すことが目的で誘拐したのだろうか。

「僕につがいを解消させたいということは……君はクライヴが好きだったのか？」

「は？　僕がクライヴ殿下を好き？　発情して頭までおかしくなられたんですか？　僕が好きなのはセイン殿下ですよ。莫迦なことを言われるんですね」

「ではどうして僕を狙うんだ！」

「さっきバルコニーで言いませんでしたか？　憂慮していることがあるって」

「憂慮……」

ふと、先ほど意識をなくす前にバルコニーで聞いた声を思い出す。

『ええ、セイン殿下と結婚できても、殿下が産む子供に悩まされなければならないという憂慮が――』

僕が産む子供――！

王太子は直系の王子の中でアルファの潜在能力が強い者がなる。ただし王族に黄金のオメガが存在した場合、その者が産むアルファも王太子候補に選ばれ、そして大抵は直系の王子たちを差し置いて、次の国王になるのだ。

「僕はね、これでも平和的に解決しようと努力したんですよ？」

リシェルのことを無視して、シャンドリアンが話を続けていく。

「オーウェンに頼んで、殿下のつがいになってもらおうと思っていましたのに、殿下は断られてしまうし」

「オーウェン……」

オーウェンとシャンドリアンに繋がりがあるとは思ってもいなかった。だが、オーウェンの裏に強力な魔法師がいることはわかっていた。その魔法師がシャンドリアンだったのだ。

そうだった。シャンドリアンは比類なき魔法力の持ち主ということで、セインの妃候補の一人に選ばれたことを思い出す。

「オーウェンは、殿下とつがいになっても、子供を作らないって、僕に約束してくれたんですよ。優しいですよね」

「っ……」

子供を作らない――。

黄金のオメガであるリシェルに子供が生まれなければ、従来通り、順当に直系の王子の子供から次の国王が選ばれる。

それは、もしシャンドリアンが王太子妃になって子供を産んだ場合、その子供が未来の国王になる可能性が高くなることを意味した。

オーウェンの、あのリシェルに対する異様な執着は、シャンドリアンのためだったのだ。

「オーウェンは僕が悲しむことは絶対できませんからね。僕のことを子供の頃からずっと愛してくれて、僕が王太子妃になる夢を叶えることも望んでくれているんです。本当に愛情深い男なんですよ。だから僕が王太子妃になったら、今回の罪に恩赦《おんしゃ》を与えて、重用するつもりです」

シャンドリアンの計画が少しずつ明るみに出る。

「オーウェンは君の愛人なのか――?」

兄の妃候補という立場でありながら、他の男と関係を持つことを躊躇わないというのか。

「愛人なんて言葉、好きじゃありませんね。ただ僕を想う彼に褒美《ほうび》を与えてあげるだけです。それは上に立つ者の使命でしょう?」

「上に立つ者の使命?」

「僕はセイン殿下の妃になるんです。それなのに二人の間にできる子供が王太子になれないなんて、そんな莫迦な話がありますか？」

リシェルの躰がどんどん熱くなる。それに伴って自分の意志とは関係なく暴力的とも言える快楽への飢《う》えが芽吹き始めていた。

誰かの熱がないと鎮《しず》まらないオメガの発情。聖痕を持ったリシェルは、本来この発情とは縁がなくなったはずであるのに、それを覆《くつがえ》すとは、飲まされた薬の効力はかなりのものに違いない。

「くっ……は……」

だがこんなことに負けたくなかった。いや、負けられない。クライヴという、つがいがいる限り、この躰を他の誰にも触らせる気はなかった。

リシェルは力の入らない痺れた四肢《しし》を奮《ふる》い立《た》たせ、壁伝いにどうにか立ち上がる。

「兄は……君とは秘密の取引を……っ……しているとしか……」

「秘密の取引？　ふふっ、確かにそうですが、セイン殿下に近づくきっかけは何でもいいんですよ。僕はセイン殿下に好かれる自信がありますから。どこの虫けらかわからないような人間に負けるなんてあり得ません」

「あり得ない？　っ……そもそも君が……王太子妃になるなんて……話も……っ……まだ決まっていない！」

「決まりますよ。だって僕は侯爵家の出自であり、この国でも有数の魔法力を持つオメガですからね。僕の魔法がなければこの国は強くなれませんよ？　臣民を助けられませんよ？　それでは王族の貴方たちは困りますよね」

確かにシャンドリアンはかなりの魔法力を持つことで、王太子妃の有力候補者と社交界では噂されていた。妃とならずとも、王国のために、特に今問題となっている貧困層の臣民を助けるためにその力が使われることを、兄も、そしてリシェル自身も願っていた。だが、

「君の……魔法は確かに……魅力的かもしれないが、魔法師の……か、数を増やせば、ふっ……君の力に……相当する魔法になる。自惚《うぬぼ》れるな！」

凄まじい怒りが込み上げた。

「未来の王太子妃、いいえ、王妃に向かってなんという口の利《き》き方《かた》ですか。まあ、どうせ死ぬんですし、不問にいたしましょう」

「僕が……くっ……いなくなったことは、クライヴ……や他の者も……気付く。逃げ切れると……思うな……っ……」

腹の底から沸き起こる強い劣情に、手足の感覚があやふやになってくる。立っているのも辛くなってきた。

「殿下がいなくなった？　いますよ、ちゃんと舞踏会には殿下の姿を再現した代役を置いてきましたから。今でも誰も殿下が誘拐されたなんて気付いていないんじゃないでしょうか。それ

に万が一、気が付いたとしても、ここには結界が張ってあります。追跡も不可能ですよ。殿下、僕の魔法を甘く見ていますね」

「そんな魔法を……」

それでは本当にクライヴもリシェルが誘拐されたことに気付いていない可能性が高い。殺されるかもしれない――。

リシェルは初めて死というものを実感した。今まではどこか遠い出来事のように思っていたものが、突然自分の身近なところに迫ってきたことに、恐怖を感じずにはいられない。

クライヴ――。

思い出すのは彼の顔ばかりだ。

アカデミーで出会ってから八年間、彼のいろんな表情をリシェルは傍で見続けてきた。いつの間にか、それが当たり前だと思っていたことに気付く。

この世の中、当たり前なんてことは何一つないというのに、リシェルは勝手にこのままクライヴと一緒に未来を歩み続けられると思い込んでいた。

嫌だ――。

生きて、クライヴに本心を……君が好きだと伝えたい。嫌われてもいい。思ってもいなかったと驚かれてもいい。彼に嘘を吐いたまま死にたくない。自分の正直な気持ちをクライヴに伝えたい。それまでは絶対に死ねない。死ぬものか――。

リシェルは目の前に立つシャンドリアンをきつく睨んだ。

「へぇ、まだ発情に耐えられるんですか。意外としぶといですね。でも僕を今まではらはらさせた罰です。ここで輪姦《りんかん》されて矜持も何もかもずたぼろになって死ねばいい。死体は綺麗に消してあげますから、殿下は永遠に行方不明にでもなってください。王族の皆様の前では僕も泣いてあげますすよ。ふふ、演技には自信がありますから」

なんという強欲な男なのだろう。すべてを手に入れないと気が済まないのだ。

「君は……っ……王太子妃には……なれない。兄は君を選ばない！　既に心に決めた人が……いるようだからな」

「心に決めた人がいる？」

それまで余裕を見せていたシャンドリアンが初めて動揺を見せた。ゆらゆらと陽炎《かげろう》のような黒いオーラが彼の躰から溢れ始める。

「それは誰だ？　教えろ」

低い唸り声と共に、シャンドリアンが顔を寄せてきた。そのあまりの形相《ぎょうそう》に普段の可愛らしいオメガ、シャンドリアンとはまったく別の男がいるようにさえ思える。

「教えろ！」

快楽への飢えで理性が引き離されそうだ。だがそれでもリシェルはシャンドリアンを睨むことは止《や》めなかった。

「教える……ものか」

「教えろって言ってるだろうっ！　そいつを殺さなきゃ！」

シャンドリアンが叫びながらリシェルの腕をきつく掴むと、リシェルの手首の上でバングルがさらりと滑る。

バングル！

刹那、クライヴの言葉がリシェルの脳裏を過《よぎ》った。

『――私が渡した守護の魔法石を施したバングルをどうして付けていないんだ？』

そうだ――！

リシェルはバングルに手を添え、叫んだ。

「クライヴッ！」

カッ！

突如《とつじょ》、真っ赤な光がリシェルの腕から放たれた。

「うわっ！」

その光はシャンドリアンを猛烈な勢いで弾き飛ばした。壁にきつく背中をぶつけ、シャンドリアンは低く呻《うめ》いた。

「くっ……」

「な、に……？」

リシェルも想像だにしていなかった状況に驚いて自分の腕を見ると、バングルに嵌まった赤い魔法石から強烈な光を発する魔法陣が放たれているのを目にする。

「リシェル、呼ぶのが遅いっ！」

続いてここにはいないはずのクライヴの声が響き、彼が突然リシェルの目の前に現れる。

「クライヴ！」

彼の名前を呼ぶや否や、他にも多くの魔法騎士が瞬間移動してきた。そしてその場にいた男たちや油断をしていたシャンドリアンを次々に取り押さえる。

「どうしてここに⁉　結界が張ってあったのに、何故っ！」

「どんな結界だとて、破れないものはない。自分の魔力を過信するな」

クライヴの声にシャンドリアンが息を呑む。いくらシャンドリアンの魔法力が強いといっても、多くの魔法騎士相手には敵わないようだ。すぐに彼らの魔法によって力を封印されていた。

「放せ！　僕を誰だと思っている。ロレンターナ侯爵家の息子だぞ。貴様ら、こんなことをして無事だと思うな。すぐに父上に言いつけて、厳罰を与えてやる！」

シャンドリアンの声が暗い部屋に響くと同時に、騎士の一人が前に出た。

「何がロレンターナ侯爵の息子だ」

「何だと！」

「もし貴様が身分に拘《こだわ》るなら、貴様より遥か上のご身分の第三の王子、リシェル殿下を誘拐《ゆうかい》の上、殺人未遂《みすい》を犯したのだぞ。弁えろっ！」

そこにはクライヴの上司でもある魔法騎士団、第一部隊のハリス隊長の姿があった。

いつも冗談を言ってクライヴを揶揄っている彼とは全く別の顔をしていた。エリート集団、魔法騎士団の隊長をしているだけはあるオーラを纏っている。

「シャンドリアン・ジア・ロレンターナ、貴様を国家転覆を謀《はか》る内乱罪の首謀者《しゅぼうしゃ》として逮捕《たいほ》する。極刑も覚悟しろ」

「何故だ？　僕は未来の王太子妃であり王妃だ！　だからこそカミール王国の将来を危惧《きぐ》して、正しき後継者を王座に据《す》えるために、動いたんだぞ！　どうして極刑になるんだ？　戯言《ざれごと》を言うなっ！」

「セイン殿下直々《じきじき》のご命令だ」

シャンドリアンの興奮した声と対照的にハリスの冷たい声が響く。その声に我に返ったシャンドリアンが愕然《がくぜん》とした様子で固まった。

「セイン殿下の……？」

「王国の平和を揺るがす貴様を捕らえるよう、命令を出された」

「なっ……」

信じられないことでも聞いたような顔をして、そしてそのままシャンドリアンは項垂《うなだ》れた。

「そんな……殿下は……僕を……本当に愛してくださらないのか？」

突然シャンドリアンの涙が、ぽたぽたと冷たい床に落ちる。

リシェルは肩を震わせて咽《むせ》び泣《な》くシャンドリアンを見つめた。

どこかで道を間違えてしまった彼を、兄のセインは敢《あ》えて自分の名前を出して罰したのだ。兄なりの配慮を感じずにはいられない。

王宮のバルコニーでシャンドリアンを見掛けた時、リシェルは彼の辛さを理解できる気がした。リシェルもクライヴが誰かとダンスをしている姿を見たら、辛くて逃げ出してしまうだろうと思ったからだ。

だがそれは誤解で、彼は周囲を傷つけても自分の幸せを摑もうとしていただけだった。

リシェルは息が切れる中、必死でシャンドリアンに訴える。

「っ――シャンドリアン殿、貴方は……兄の愛を欲しがるばかりで、兄を……愛することを……怠《おこた》っていた。兄は家族を……大切にする人だ。その家族の……一人、僕に危害を加えることで、兄が……悲しむとは……思わなかった……っ……のですか？　兄を本当に……愛しているる……のなら、貴方の行動が兄を……悲しませることに……なると、早く気付く……べきでした……っ」

シャンドリアンの背中がぴくりと反応するが、それ以上動くことはなかった。

その後は抵抗らしきことを一切せず、シャンドリアンは騎士たちに連れられて姿を消した。

他の男たちも騎士たちに連れられていく。騒々しい中、リシェルはようやく躰から力を抜くことができた。

「リシェル！」

リシェルは立ち上がろうとして失敗し、床に頽《くずお》れそうになったが、クライヴが抱き留めてくれる。

「大丈夫か？　リシェル」

「ああ、大丈夫だ。だが……発情剤を……飲まされた……躰が熱い」

「発情剤！　くそ……あの男め、一発殴っておけばよかった」

文句を言いながらクライヴが更にきつく抱き締めてくれた。発情していた躰が少し落ち着いてくる。思考もクリアになってきた。つがいの匂いを嗅いだからだろう。

「オメガのフェロモンの匂いが溢れ出している。私とつがいの契約をしているのに、こんなになるとは……かなりきつい薬を飲まされたな」

「クライヴ……大丈夫だ。君に触れたら、かなり楽になってきた……」

そう言いつつも、今さら怖くなって力の入らない手で彼にしがみ付いた。クライヴがその手を上からそっと握ってくれる。

「リシェル、すまない。君が大変な時に傍にいなくて、すまない……リシェルっ……」

「クライヴ……」

好きだ——。

クライヴの顔が、もしかして二度と見られないかと思った時、嫌われてもいいから自分の想いを告げたいと心から欲した。彼に嘘を吐いたまま死ぬかもしれないことに、後悔しかなかった。

クライヴのことを、自分の気持ちを隠すことができないほど好きだったなんて――。

運命のつがい――。

そんな言葉さえ脳裏を過った。

眦《まなじり》から涙が溢れる。彼の腕の中にいることに幸せを感じずにはいられなかった。もう二度と離れたくない。

「リシェル……」

クライヴの唇がリシェルの涙を拭うようにして目尻、そして頬へと滑り落ちた。そして――

思いも寄らない言葉がリシェルの耳に届く。

「愛している、リシェル……」

「っ……」

思わずリシェルはクライヴの顔を見つめてしまった。彼と視線が絡み合う。

幻聴だろうか。

そんな言葉を彼が口にするはずがない。

リシェルは固まったまま、彼の顔を見続けていた。するとクライヴの顔が苦しげに歪む。

「……君が私に愛しているとと言われたくないのはわかっているし、私を親友だからつがいに選んでくれたのは承知している。だが、私は君をずっと愛していた。アカデミーの時からリシェル、君しか見えてなかった。君がどんなに愛を告げられることを嫌がっても、私は何度でも言う。もう我慢はしない。私は君を愛している。愛しているんだっ……」

「な……」

こんな都合のいい話はない。夢でも見ているに違いなかった。

リシェルはクライヴを掴む手に更に力を入れて、ぎゅっとしがみ付く。夢なら醒《さ》めないでいて欲しかった。

「もう自分の気持ちを隠して嘘を吐《つ》くことはできない。こうやって君を失いそうになって、どれほど私が後悔したことか――っ」

「クラ……イヴ……」

僕だって――。

もしこれが夢でも構わない。リシェルも同じように感じていたことをクライヴに告げたかった。リシェルは発情剤で昂る躰に耐えながら、震える声で己の気持ちを伝える。

「僕だって、同じだ。死ぬ……かもしれないと……思った時、君に……正直に愛していると告げれば……っ……よかったと思っていた」

「え……」

「君に嫌われたくなくて、好きなのに……『親友』という免罪符を……利用した自分がどんなに莫迦だったか――」

彼の胸に顔を押し付けて叫んだ。だがクライヴが腕を掴んでリシェルの躰を引きはがし、改めて顔を覗き込んできた。みっともない泣き顔をクライヴに晒してしまう。

「リシェル、だが、君は私に愛していると言うなと言っただろう？　あれはどういうことだ？」

「君が僕のことを愛していると思っていなかったから……。好きな人から、愛していないのに、愛しているなんて言われたら辛いと思って……」

「な……リシェル……それは本当か？」

「本当だ。今さら……嘘を言っても……仕方がないだろう？」

「リシェル！」

嚙みつかれるような激しいキスがリシェルを襲う。口腔《こうこう》を弄《いじ》られ、息も絶え絶えになるほど求められた。

「あっ……クラ……イ……ヴッ……」

「まずは君の発情を鎮めよう」

彼がどこか嬉しそうに呟く。まさかこんな冷たい暗いところで抱かれるのか……でも相手がクライヴならそれでも構わない――と思った瞬間、クライヴの瞬間移動の魔法でリシェルは場所を移動していたのだった。

「えっ……」

声を出した瞬間、リシェルは王宮内にある二人の宮殿の、しかも寝室に戻っていた。

「クライヴ……君、こんな魔法使えるんだ……。そういえば……僕を探しに来てくれた時も……瞬間移動していたな」

「ああ、私だけではないが、魔法騎士団の一部の騎士は、移動魔法が使える。君も助けに来た騎士たちを見ただろう？」

その問いにリシェルが頷くと、クライヴはそのままベッドの上にそっと下ろしてくれた。発情剤のせいなのか、いつもよりリシェルの心臓が激しく鼓動した。

「使えるって……じゃあ、クライヴ、どうして新婚旅行は……馬車を使って移動……したんだ？　それこそ……瞬間移動で目的地まで向かえば、早く……到着するのに……」

そう言うと、クライヴが視線を外し、顔を赤くする。

「……リシェルと二人だけなら瞬間移動できるが、大勢の人間を連れて、では無理だ。それに理性を抑えるのは大変だったが、リシェルと二人でゆっくり馬車の旅行もいいなと思っていたしな」

「え……」

「狭《せま》い馬車の中なら、理由がなくても君の近くに座って、二人っきりで過ごせるだろう?」

「な」

リシェルの頬が熱くなった。

「それよりどこか痛いところはないか?」

「大丈夫……だ。怪我をさせられた……わけではない……から……」

「一応、治癒魔法をかけておいたから、気付いていなかった軽い怪我程度は治っているはずだ」

「ありがとう……」

感謝を口にしながら、助けにきてくれたクライヴの顔をしみじみと見つめる。本当に彼が来てくれて、どんなに嬉しかったか。

「そんな可愛い顔をして見つめてくれるな。我慢できなくなる」

キザな台詞《セリフ》を言いながらもクライヴの頬が赤いことに気付き、リシェルはその頬に指先を伸ばした。

「……我慢しないでくれ、クライヴ」

「ったく、君という人はっ……」

彼が少し乱暴なキスをしてきた。そして余裕のない様子を見せながらリシェルの服を剝《は》いだ。リシェルもクライヴの服を脱がせようとするも、熱で震える指ではなかなか脱がせられなかった。するとクライヴはそれを焦れったく思ったのか、自分で勢いよく脱いだ。

「クライ……っ……」

彼がまたキスをしてくる。だが先ほどよりも激しいキスだった。ひとしきりリシェルの唇を貪《むさぼ》ると、そのまま唇を顎、そして首筋、鎖骨へと滑らせていく。同時にクライヴの指先がリシェルの下半身へと伸びてきた。

「かなり濡れているな」

「……そういうことを口にするな」

「すまない。君が私を求めてくれているのかと思うと、少し浮かれてしまうんだ、許してくれ」

「浮かれてって……」

「こんな男だが、リシェル、これからも私と一緒にいてほしい。アカデミーで初めて君に会った時からずっとこの想いを隠してきた。君は私を親友だと思っているのに、私のこの劣情を知ったら、と思うと、とても言い出せなかったんだ。そんな一途な私に褒美をくれ、リシェル」

リシェルの胸がジンと熱くなる。そしてその熱はやがて幸福感となり、喜悦と共に膨れ上がった。

「アカデミーの時から……。僕は、クライヴはオリヴィアのことが好きなのだと思っていた。二人とも仲が良かったし」

「は？　どうして……というか、私こそリシェルは妃候補から外れたオリヴィアに未練があるかと思っていたぞ」

「えっ⁉　どうしてそんなことを？」

「君が覚醒した際に催した舞踏会で、オリヴィアといちゃいちゃしていただろう？」

「いちゃいちゃって……」

そんなことはしていないと言おうとすると、それよりも先にクライヴが言葉を足してきた。

「ハンカチーフを渡したり」

クライヴの言葉に、リシェルはあの時のことを思い出した。確かにクライヴが言う通り、ハンカチーフを渡した。

「あ……ああ。よく見ているな、君」

「オリヴィアも私と同じで君にずっと恋をしていた。だから彼女の思いが通じているのかと思っていた」

「どうして……。それよりもオリヴィアは君と結婚するつもりだったとか言ってたぞ」

そんなことを言われていたから、クライヴがオリヴィアのことが好きかもしれないと、リシェルは疑心暗鬼になり、余計彼に好きだと言えなくなったのだ。

「ああ、お互いリシェルを諦めきれないから、リシェルが誰かと結婚したら、失恋した者同士で結婚するかという話はしていたな。それが本気かどうかは別として。わからなかったかい？私とオリヴィアの二人はよく君を取り合いしていたし、牽制《けんせい》し合っていたぞ」

「……気付いていなかった」

「だよな。君はそういうところ、少し疎《うと》いからな」

「うっ……」

「……オリヴィアは応援してくれたよ。自分の次に私がリシェルを幸せにする人間だと思うから、リシェルがオメガに覚醒したら、必ずそのつがいになれと。そうでなければ許さないとも言われていた」

「え……」

ふとオリヴィアの言葉が脳裏に浮かぶ。

『――だからこそ、わたくしの代わり、いえ、それ以上に殿下を大切にしてくださる方を選んでくださいませ。わたくしはクライヴ殿なら、殿下を幸せにしてくださるように思えます』

あの時には気づけなかったオリヴィアの気持ちが充分に伝わってくる。改めて彼女は本当に大切な友人の一人であると感じた。

「私がアカデミーからずっとリシェルを狙っていたなんて……気持ち悪かったか？」

苦笑しながら告げるクライヴに、リシェルは慌てて首を横に振った。

彼がまさかそんな気持ちを抱いてくれていたなんて、まったく気づいていなかった自分の莫迦さ加減が嫌になる。

「気持ち悪くなんてない！　僕も――、僕も同じだった……。さっきも言ったけど、親友という言葉で……君を手に入れようと、画策した……んだ……。酷いだろう？　でもそれくらい君が……好きなんだ……」

「っ……」

それまでリシェルの躰を弄っていたクライヴが上半身を起き上がらせる。

「本当か？　リシェル」

「ああ……。だけど君はもてるし、僕のことは親友だって思っているだろうからって、諦めていた……」

「そんな……。あの頃は、君はバース覚醒していなかったし、身分差もあるからせめて親友でいるしかないと思っていたんだ。もし告白していたら、アカデミー在籍中からリシェルと付き合えたということか……くそっ、もったいないことをした！」

「もったいないことって……」

クライヴの意外な感想に驚いていると、彼が何かを決心したかのように目を輝かせた。

「こうなったらアカデミー在籍中に損をした分、しっかりこれからの人生で取り戻す」

ぎゅうっと強くだきしめられ、リシェルはとうとう声を出して笑ってしまう。

「リシェル……」

愛おしそうに名前を呼ばれる。それだけでリシェルの躰は甘く震えてしまった。すぐにその震えは全身に広がっていき、淫《みだ》らな熱へと変わっていく。

クライヴの張りのあるしなやかな筋肉は、つい見惚れてしまう代物《しろもの》だ。その美しい躰がリシェルに覆い被さってくる。

じわりじわりと快楽を伴って、全身が熱くなっていった。

クライヴの鼻先がうなじに触れると、以前つがいの儀式の際に噛まれた場所を舐められる。

「んっ……」

くぐもった声を出してしまうと、クライヴが吐息だけで笑って、そのまま唇を鎖骨から胸にかけて滑らせた。そして乳首の上で止まると、そっと乳頭に舌を絡ませる。

「あっ……」

嬌声を聞いてクライヴが人の悪い笑みを浮かべた。

「リシェルは乳首が弱いよな。先日もそう思った」

「君、な……そんな真面目な顔をして何を考えてたんだっ」

「何を？　いつもリシェルの乱れる姿しか考えてない。もっと詳しく話そうか」

「話さなくていいっ」

ぼっと音を立てて熱が顔に集まる。わたわたしていると、クライヴがリシェルの耳朶《じだ》に軽く歯を立てながら囁いてきた。

「嘘だよ。先ほども言ったが、君の愛を得ることができて、嬉しすぎて、かなりはしゃいでしまっているようだ。許してくれ」

「うっ……」

固まってしまったリシェルの頬にクライヴがチュッと音を立ててキスをする。

「う……クライヴ、君、前も言ったけど、やっぱりかなり手練手管だろう？　いや、絶対そうだ」

「私がもし手練手管なら、君を手に入れるのに、こんなに手が震えたりしていないだろう？」

「え？」

彼の手が僅かに震えているのがわかった。

「君に告白できて、少し緊張しているんだ」

「クライヴ……」

「そんな可愛い声で呼ばないでくれ」

クライヴがそう懇願《こんがん》した途端、リシェルの乳首に吸い付きしゃぶってきた。

「あっ……ふ……ぁあぁ」

甘やかな痺れがリシェルの下半身にダイレクトに伝わってくる。クライヴはもう一方の乳頭を指の股《また》で挟み、こりこりと捏《こ》ね回《まわ》す。

「んんっ……」

ぴくんと頭を擡《もた》げたリシェルの下半身が、クライヴの下腹部に当たった。

「君の分身が私を慕っているようだな。先ほどから寄り添ってくれている」

「な……そういう君だって、先ほどから……あ、当たって……る」

恥ずかしいことを口にしている自覚があって、最後のほうは声が小さくなってしまう。だが彼の雄々《おお》しい屹立《きつりつ》がリシェルの太腿《ふともも》に当たり、その存在をアピールしていた。リシェルの熱も彼の熱に呼応し、益々昂《たか》ぶりを見せる。

「ああっ……」

クライヴがリシェルの劣情を、緩急《かんきゅう》をつけて扱《しご》くのに合わせ、リシェルの腰が揺れ始めた。まるで何かのダンスを踊っているようだ。

徐々に硬さを増すクライヴの肉欲を目にするたびに、リシェルは下肢が濡れるのを感じた。浅ましくも彼が欲しいと本能が訴える。

「クライヴっ……」

彼と一つになりたい――。

そう思うと、全身が熱で潤み、リシェルを頂点へと追い詰めていく。

「リシェル……」

甘い熱を含む彼の声が、リシェルの胸を締め付けた。それで少し油断してしまい、気付けば彼に膝裏を抱えられていた。そのまま彼の目の前で足を開かされ、淡い茂みで揺れる劣情を彼の目の前に晒すような体勢になってしまう。

「な……こんな格好っ……」

「褒美がほしい、リシェル。ずっと君を健気《けなげ》に愛し続けた私に、褒美を――」

「……そんな、ずるい」

「ずるい男さ、私は」

開き直ったクライヴは、ぐっとリシェルの膝を胸に付くように押して、臀部の奥に潜《ひそ》む秘密の孔《あな》を露わにすると、そのままそこに唇を寄せた。

「あっ……」

舌が、淫靡《いんび》な熱を伴ってゆっくりとリシェルの双丘《そうきゅう》の狭間《はざま》へ差し込まれる。秘孔《ひこう》の縁《ふち》を舐め上げ、するりと舌先を隘路《あいろ》へ滑り込ませてきた。

「ふっ……んっ……」

クライヴが何度も何度も執拗《しつよう》に隘路を舐めるたびに、リシェルの躰の芯から快感が溢れ返る。繰り返し襲ってくる快感に悶《もだ》えるしかなかった。

「あっ……ああっ……」

「リシェル、愛しくて堪らない。君がオメガでなくとも王子でなくとも、何者でもなくても、君が好きだ。君だから好きなんだ」

熱烈な告白を受け、一層躰が熱くなる。

「ふぁ……あ……もう……今、そんなこと……言う……なっ……そんなことを……言われたら……達っちゃ……う……だろっ……あっ……」

「こんなことで達ってしまったら、私の立つ瀬がないだろう？　『私』で達ってほしい、リシェル」

「なっ……」

やはりクライヴは上級者だ。とてもリシェルでは口にできないセリフを簡単に言う。

「もうかなりここも柔らかくなっている」

ここと言いながら、舌先で蕾を突かれる。それだけで壮絶な悦楽がリシェルの躰に沸き起こった。

「あ……っ……う……」

「挿れていいか？」

リシェルは恥ずかしさを我慢して、首をこくんと縦に振る。本当はリシェルも早くクライヴが欲しいのだ。

するとクライヴはすぐにリシェルの両膝をそれぞれ肩に乗せ、腰を進めた。彼の情欲の塊が快楽にひくつくリシェルの蕾に押し当てられる。触れ合った部分に、じんじんとした熱が生まれた。

「っ」

リシェルは来るべき痛みを覚悟する。だが、クライヴの熱は一瞬、ちりりとした痛みを与えたが、するりとリシェルの隘路へと入り込んでいった。痛みよりもぞくぞくとした何とも言えない感覚に理性が持っていかれそうになる。甘い熱が肉壁をざわつかせ、リシェルの内に恐ろしいほどの愉悦《ゆえつ》を溢れさせた。

「あっ……クラ……ヴ……」

あまりの凄絶《せいぜつ》な快感に怖くなるほどだ。縋《すが》りたくなる思いに駆られ、リシェルはクライヴに手を伸ばした。すぐに手を取られ、そして指先に唇を寄せられる。そこには二人の愛の証、結婚指輪が嵌められていた。クライヴが何度も愛を誓うかのように、その指輪にキスを贈る。それもまた快感を生み出す一つのエッセンスになった。

クライヴの瞳と視線がかち合うと、彼の双眸が愛おしげに細められる。リシェルの心臓が大きく爆ぜた。

「あぁぁ……」

リシェルの眦に快感による涙が滲む。その涙もクライヴによってぺろりと舐めとられた。熱く滾《たぎ》った劣情が、熟《う》れた隘路に強引に押し入ってくる。最奥《さいおう》まで穿《うが》つ猛々《たけだけ》しい楔《くさび》に、リシェルは軽い眩暈《めまい》を覚えた。

躰の一番深いところで、愛するつがいと触れ合うことの素晴らしさを、彼と交わるたびに知る。

快楽に悶える隘路を、灼熱《しゃくねつ》の楔に隙間なくぴっちりと埋め尽くされ、もたらされる喜悦に息もできないほどだ。

でも苦しいだけではない。満ち足りた幸せも感じていた。するとクライヴが、リシェルの膝が胸に付くぐらい躰を折り曲げ、そのまま唇にキスをしてきた。

「愛している、リシェル。何度言っても言い足りないほどに、愛している」

「そんなに必死に言わなくても……」

「今まで伝えられなかった分、伝えたい。いや、言葉だけでは伝えられない――」

そう言って、クライヴが突然動きを激しくする。

「な……クライヴ……ああっ……激し……っ……だ、め……っ……く……ああぁっ……」

何度も何度も繰り返し揺さぶられる。逃げることもままならなかった。深い快楽の波に翻弄《ほんろう》され、意識を保つのも精いっぱいだ。

「ふっ……あ……ぁ……」

クライヴをしっかり捕まえて離さない媚肉《びにく》は普段より一層敏感になり、噴き出す快感はリシェルの理性を簡単に凌駕した。

意識が朦朧《もうろう》とする中で、自分を組み敷くクライヴの顔を見上げる。色香に満ち溢れた男が情欲を秘めた双眸で、こちらをじっと見つめていた。思わず見惚れてしまう。

「クライヴ……」

愛しいという想いがリシェルの中で大きく膨らみ、彼を抱き締めたくて仕方なくなった。

「リシェル……」

彼の声に誘われて、その背中に手を回すと、クライヴは己の情欲で一気にリシェルの奥まで穿った。

「あぁ……ぁ……っ」

リシェルの劣情に淫猥《いんわい》な熱が集中し、ずしりと重みを増す。今にも弾けそうだ。

「んっ……あぁっ……クラ……っ……」

クライヴの抽挿《ちゅうそう》が一層激しくなった。リシェルもまた彼の動きに合わせ、腰を揺らしてしまう。

好き――。

純粋《じゅんすい》な想いがリシェルの心を占めると同時に、意識が遠のいていく。真っ白な平原にふわりと躰が浮くような感覚に肌をざわめかせた。刹那――、

「あぁぁぁぁっ……」

リシェルの情欲が破裂した。お互いの下腹部に熱いねっとりとした飛沫《ひまつ》が飛ぶ。クライヴが乳白色の熱を指で掬《すく》い取《と》り、それをリシェルの腹部に塗《ぬ》り込《こ》めた。未だクライヴを咥え込んでいることもあり、腹部を圧迫されると、クライヴの熱を強く感じ、はしたなくもまた射精したくなり、ぴくぴくと躰が痙攣《けいれん》する。

「まだ足りないか?」

ゆるゆると腰を動かしながら、クライヴが意地悪なことを聞いてくる。

「うご……くな……っ……あぁ……」

リシェルは軽い刺激にまた吐精してしまった。

「君の赤い薔薇の聖痕が、白く染まったようだな」

気付くと、左胸に咲いた赤い薔薇の聖痕にも、クライヴが白く濁った蜜液を塗っていた。

「……とっくに、僕は白い薔薇に染められているよ」

赤い薔薇は王家の紋章。そして白い薔薇はクライヴの家、デートリッヒ公爵家の紋章だ。リシェルはそれに掛けて答えた。

「まいったな……。私のほうが君に首ったけだというのに……どれだけ私が君に夢中か、しっかり教えておかなければならないな」

クライヴはリシェルの手を持ち上げると、その甲に唇を寄せた。

「我が命と騎士の名誉を、ただ一人、貴方に捧《ささ》げる」

騎士が姫に忠誠を捧げる儀式の言葉だ。

「リシェル――」

甘く蕩《とろ》けそうな声に、リシェルの背筋にゾクゾクとした痺れが走った。腰が砕けて躰が蕩けてしまいそうだ。

「クライヴ……」

「愛している」

ドクンとリシェルの鼓動が波打つ。その拍子にまだ躰の中にいるクライヴをきつく締め付けてしまった。

「っ……」

クライヴの息を呑む様子を頭上で感じていると、リシェルの中で熱が弾けた。

「あっ……」

クライヴも達したのだ。しかし――、

「く……あ……量、多いっ……な、どうしてっ……クライヴ……っ……あぁ……」

かなりの量が放たれた。果てなく注がれる精液に、リシェルの細胞一つ一つが溺《おぼ》れそうだ。

クライヴと繋がっている部分からも溢れ出してきた。

「そんな……あぁ……」

溢れ出した精液がクライヴの動きで泡立つ。だがそれでも一部はリシェルの太腿を伝い、シーツに染みを作った。

「あ、あ、あ……っ……あぁ……」

二人が繋がった場所が泡立っている感触が秘部に生まれ、いやらしい湿った音が寝室に響く中、リシェルは達ったばかりだというのに、また射精感が募《つの》ってくる。嵩《かさ》のあるクライヴの質量にリシェルの隘路が音《ね》を上げた。

「あ、もう……あぁぁぁぁあっ……」

「何度も達って、リシェル」

きつく腕に囚われて、耳に熱い吐息を感じながら囁かれる。

「そんな、何度も達けな……い……っ……」

そう言いながらも、リシェルもまたクライヴの背中に手を回したのだった。


ふわふわとした優しい感覚にリシェルは目を覚ました。

部屋は窓から差し込む明るい光で満ち満ちている。どうやらかなり陽が高いようだった。

「おはよう、リシェル」

「え……」

いきなり声がかかり、リシェルは驚いて隣を見た。そこには甘い瞳でこちらを見つめるクライヴがいた。どうやらずっとリシェルの寝顔を覗いていたようだ。

「お、おはよう、クライヴ。もしかしてずっと僕の寝顔を見ていたのか？　人が悪いぞ」

「自分の愛しい伴侶を見ていたんだ。誰にも咎《とが》められることはないと思うが？」

するりと抱き締められる。

「う……」

「お互いの気持ちが擦れ違って、両想いだったのに、無駄な時間を過ごしてしまったんだ。今から挽回《ばんかい》しないと」

「挽回って……」

「もっともっと、リシェルに触れて、交わって、一つになりたい」

「エッチくさい……」

「エッチなことを言っているんだから、間違いではないな」

「な……いつから君はそんなに饒舌《じょうぜつ》になったんだ」

「リシェルが私を愛していると知って、これから自分の想いは素直に口にしようと思ってから、かな」

そう言いながら、クライヴはリシェルの弱いところへと手を這わせ始めた。

う……、もしかしたら両想いになったクライヴは、意外と積極的かもしれない……。

リシェルの顔が、かぁと赤くなった。慌てて何か他に話題はないか考えをめぐらす。すると右腕に嵌めていたバングルが目に飛び込んできた。

「あ、そういえば以前、このバングルの魔法石に守護の魔法が掛けてあると言っただろう？　君を呼び寄せるようにしてあったのか？」

「ああ、リシェルに危険が迫《せま》った時、魔法を発動させて、私を引き寄せるようにしておいたんだ」

さすがは魔法騎士団の中でも屈指の魔法力があると言われているクライヴだ。

「他の騎士も、一緒に現れていたけど、あれもそうなのか？」

「昨夜君が攫われたとわかってからすぐに、瞬間移動ができる魔法騎士を集めて、私が瞬間移動したら、それを追跡して移動してもらえるようにしておいたのさ。そうすれば多くの騎士が一度に移動できるだろう？」

改めてカミール王国の魔法騎士団の凄さを感じた。

「だが、リシェル、私に助けを求めるのが遅い。どれだけ私がやきもきしたか……」

「ごめん。すっかりバングルのことを忘れていたし、まさか舞踏会で誘拐されるなんて思っていなかったから……。いろいろと迷惑を掛けたな」

「はぁ……。本当に心臓が幾《いく》つあっても足りない」

「うん、ごめん」

じっとクライヴの顔を見つめていると、彼が荒々しい手つきでリシェルの頭をがしがしと撫でた。どうやらそれで許してくれるらしい。

「あと、シャンドリアンのことだが、今日中には彼の処罰《しょばつ》も決まると思う。だが、リシェルを殺しかけたんだ。極刑もあり得るな。それに、ロレンターナ侯爵家自体もどうなるか……」

クライヴの言葉にリシェルは少しだけ落ち込んだ。

「僕が黄金のオメガに覚醒しなければ、シャンドリアンもこんな罪を犯さずに済んだかもしれない――」

そんなリシェルをクライヴは抱き締めながら、口を開いた。

「シャンドリアンの犯した罪は、誰のせいでもない、彼自身の問題だ。ここで厳重に罰しておかないと、これくらいのことをしても大丈夫だという思い込みをシャンドリアンや他の貴族もしかねない。王国の将来のためにも、しっかりと処罰せねばならないと思う」

いつの間にかクライヴのほうが王族らしい考え方をするようになった気がする。

「そうだな。私の気持ちだけでは済まない話だな……」

「まあ、極刑になるとは限らない。それに代わる厳重な処罰かもしれない。あとは国王陛下が招集する査問委員会に任せるしかない。もう自分を責めるな、リシェル」

「ああ……」

リシェルは頷いて、クライヴの胸に自分から頭を預けた。少しだけ弱っていた心が彼のぬくもりに癒される。するとクライヴが遠慮がちに声を掛けてきた。

「……リシェル、そんなことをされて、私が理性を保てると思うか？」

「保たなくてもいい……」

「うっ……君は小悪魔か」

クライヴは小さく呻くと、すぐにコホンと咳《せき》をして、何かとても言いにくそうに話し始めた。

「リシェル、私が理性を失う前に、質問したいことがある」

「何だ？」

上目遣いでクライヴを見上げる。

「リシェルは、どうして私が仕方なくつがいになったなんて思っていたんだ？」

盗み聞きしていたことを明かすのは勇気がいるが、いつまでも黙っているのも気分が良くないので、リシェルは正直に言うことにした。

「実は……君がお義父上《ちちうえ》に、僕のつがいにならないと、生家の家族の援助をしないと脅されていたのを偶然聞いてしまって……」

「え……」

「不可抗力だと言っても、盗み聞きはよくないよな。ごめん。だけど、あの話を聞いたから、僕は君が無理をしてつがいになってくれたんだって思っていた」

「そんなことはない！　無理なんてしていない」

「ああ、今ならわかる。そんなことはなかった。君は僕を深く愛してくれている。でも僕は君がオリヴィアと結婚するつもりだったたって誤解もしていたし――」

「……すまない。やはり私がもっと早く自分の気持ちを素直に口にすればよかった」

リシェルは首を左右に振った。

「私は逆に、リシェルがオリヴィアに気持ちを残していると思っていたから、君から『親友』と線引きをされて、それ以上のことを求められていないと思っていたんだ。それでずっと弱腰になって君に告白できなかった……」

「クライヴ……」

よかれと思ってとった言動が、結局はクライヴを酷く傷つけていたことを、リシェルは改めて悔いた。

「それにあの時、確かに義父に脅されたんだけど、それだけではなかったんだ。後で聞いたんだが、義父は私がアカデミー時代からリシェルを好きなことに気付いていたらしくて、それで私の態度があまりにも煮え切らないから、背中を押すつもりで、わざとあんな言い方をしたらしい」

「えっ⁉」

「いろいろと厳しい義父だが、まあ、公爵家の利益になることには、進んで動く御人《おひと》だからな。利益にならないなら、リシェルと私のことを応援はしなかっただろうけど」

そう言えば、昨夜の舞踏会でデートリッヒ公爵に声を掛けられた時に――、

『我が倅が、なかなか行動に移せず、背中を押させていただきましたが、倅は役にたっているでしょうか？』

あの時は、公爵にリシェルの気持ちがばれていて、リシェルに恩を売るためにクライヴの背中を押したんだと思い込んでいた。だがクライヴの気持ちを知っていたゆえの言動だったのだ。もちろん公爵のことだ、恩を売るためなのもあるだろう。

「そういうことか……」

思わず納得してリシェルが一人で頷くと、正面でリシェルの顔を見つめていたクライヴが

チュッと鼻先にキスをして、話を続けた。

「だが脅された時も、実は内心とても喜んでいたんだ。何故ならリシェルのつがいとして立候補するのに、一番難関だと思っていたのが義父の説得だった。それが、リシェルとの結婚を勧めてきたんだ。これ以上の幸運はないと思ったよ」

「えっ？」

「心の底から喜んだよ。リシェルのつがいになる努力をすることに、義父の顔色を窺う必要がなくなったんだからな」

「そうだったのか……」

「そうしたら、君からつがいの打診を貰って、あの時は天にも昇る気分だった。まあすぐに突き落とされたけどな」

「う……」

確かに『親友』という立場を強調して、つがいの申し込みをしたので、反論のしようがない。

「……僕から先につがいの打診をしたのは、クライヴに僕のつがいになりたいっていう嘘を吐かれたくなかったからだ。君のことだ、そんなことになると、僕に罪悪感を抱くに決まっている。愛する人に罪悪感なんて持ってほしくなかったし、持たれたら悲しい。そう思っていたんだ。だからまずは『親友』という言葉を使えば、君にも負担がないって考えていた。それで穏やかに二人で暮らすうちに、ゆっくりと僕のことを愛してもらえるよう努力していこうと決めていたんだ。まだあまり努力はできてはいなかったけど……」

「はぁ～っ……」

クライヴの口から盛大な溜息を吐かれた。

「お互い性格をよく知っているせいか、いろいろと遠回りをし過ぎたな……」

彼の言葉に一理あり、リシェルも苦笑を零す。

「だからはっきり言おう」

「ん？」

「リシェル、本当は君が未覚醒だった時から、もしかしたら運命のつがいかもしれないと思っていた。だがこうやって結婚して、一緒にすごして改めて確信したよ。リシェルは私の運命のつがいだ。この世でたった一人の私の命そのものの運命のつがいだ」

運命のつがい――。

以前、リシェルもクライヴのことを、そうではないかと思った時がある。

一生に一度会えるかどうかわからない魂《たましい》の伴侶。それはアルファとオメガに生まれついたなら、誰もが一度は憧れ、求める永遠の誓いを立てるつがいであった。

「っ……」

リシェルの躰の中で、ふわりと幸福が膨れ上がる。擽《くすぐ》ったくて温かいそれは、やがてリシェルの目から涙として溢れ出してきた。

「あ……クライヴ、僕もそう思っていた。そうでなければ、僕のこの狂おしい気持ちは説明できない」

ずっと、ずっと好きだった。こんな風に想いが実るなんて夢のようだ。リシェルが涙を零すと、クライヴもまた少しだけ目を赤くして笑った。

「リシェル、泣かないでくれ。君が泣くと、私は困ってしまうよ」

そう言ってリシェルを腕の中に閉じ込める。リシェルはその胸に顔を埋めた。

「愛している、クライヴ」

「リシェル――」

リシェルはクライヴの声に誘われるようにして顔を上げ、その唇に短いキスをした。

「君とつがいになれてよかった」

二人はお互いに見つめ合うと、再び唇を重ねたのだった。

＊＊＊

一週間後、リシェルとクライヴの元に、今回の事件の最終報告がなされた。

リシェルを攫《さら》ったオーウェンは、シャンドリアンへの恋慕《れんぼ》ゆえだったということと、実はシャンドリアンに魔法で暗示を掛けられていたことがわかった。彼の恋心をシャンドリアンに利用されていたということだ。

結果、暗示を解かれたオーウェンは一生、外の世界に出ることが許されない神に剣で仕える『聖堂騎士』となり、辺境の聖堂へ赴任《ふにん》するという処罰に減刑され、王都を出て行くことになった。

一方、シャンドリアンは、父親であるロレンターナ侯爵が最後まで息子の減刑を求め、何度も国王に願い出た。侯爵家は王国の重鎮《じゅうちん》であり、かつては国を支えていたという功績もあったため、その嘆願書《たんがんしょ》を受け入れることにし、シャンドリアンは極刑を免《まぬが》れ、魔力を封印された後、大陸一厳しいという修道院へ幽閉《ゆうへい》されたらしい。

またロレンターナ侯爵家自体も責任を取り、持っている複数の爵位のうち、一番低い爵位以外、すべての爵位、領地を自ら国王へ返上し、今は男爵家に降格となり、当主である父親は領地に戻っている。事実上の蟄居《ちっきょ》だ。

今回は、王国全体が大きく揺れた事件でもあった。

一人の男の欲望に巻き込まれた人々の結末に、貴族だけでなく民衆も一大スキャンダルとして大いに騒ぎ、また黄金のオメガである王子に人々の同情が集まることとなった。

◆　Ⅸ　◆

「ちちうえ、ちちうえ、おとうさまのところへ早く行こうよ」

艶々《つやつや》とした黒髪を揺らした緑の瞳の少年が、宮殿の奥から駆けてくる。クライヴは笑顔でその少年を迎えると、ひょいと抱き上げた。

「シャルル、もう少し待っていてくれ。レオンがお祈り中なんだ」

途端、少年の頬がぷっと膨《ふく》らんだ。

「あにうえ、遅いぃ～」

シャルルは三歳で、動物好きな少年であるが、魔法力がかなり強いと期待されている、クライヴとリシェルの次男に当たる。

一方、長男のレオンは、五歳にして既に多くの書物を読み、剣も幼子にしてはかなりの腕前で、家庭教師たちに強いアルファに覚醒するに間違いないと賞賛されていた。

だがそんな子供たちもクライヴのことは『父上』、リシェルのことは『お父様』と呼んでくれる、まだまだ甘えっこだ。

「あにうえを呼びにいく～」

シャルルがクライヴの指を握って引っ張った。長男のレオンは、弟のシャルルが生まれる時に、リシェルがかなり難産であったのを幼いながらに覚えているようで、今朝《けさ》からずっと安産祈願のために王宮内にある聖堂に籠《こも》っていた。かれこれ一時間くらいは経っており、シャルルも痺れを切らしている。

「レオンは、お父様のことを心配して祈りを捧げているんだ。出産予定時刻までには戻ってくるさ」

魔法師の話によると、リシェルの第三子は本日の午前十一時くらいに生まれるとのことだった。クライヴも昨夜からずっと頑張っているリシェルを早く抱き締めたかった。

あれから六年。二人はやり直した新婚旅行で第一子を授《さず》かり、それからまた二年後に第二子を授かった。現在、クライヴとリシェルは二人の息子に囲まれて幸せに暮らしている。

クライヴは魔法騎士団第一部隊から第二部隊へと転属し、そこの隊長を務めている。

更に近衛騎士団、総騎士団長でもある義父、デートリッヒ公爵の本来の務め、右大臣としての『王の閣議』への参加に際し、クライヴは義父の補佐として同席を許されるようになっていた。

リシェルもまた、兄のセインが『王の閣議』に加わったことで、兄の副官として帯同を許可された。

リシェルがオメガに覚醒する前は、クライヴが側近護衛となって、一緒に『王の閣議』に参加することを目指していたが、つがいとなった今、それぞれ別の形であるが、少しずつ『王の閣議』に参画を許されるという夢に近づいている。

まだ先は長いが、やっとここまで来たな――。

リシェルと一緒に夢を叶える。それは目まぐるしい六年間でもあったが、愛おしい日々の積み重ねでもあった。

「父上、お待たせしました！」

クライヴがシャルルを抱えて待っていると、レオンがリシェル譲りの金色のふわふわとした髪を乱して小走りに戻ってきた。

レオンは金色の髪に、クライヴと同じ青色の瞳だが、シャルルは逆で、髪はクライヴと同じ黒色で、瞳はリシェルの遺伝子を引き継いでエメラルドグリーン色をしている。

「あにうえ、遅いです」

「早くお父様のところへ行きましょう。もうすぐ生まれてしまいますよ」

自分が遅れてきたというのに、レオンはそんなことはお構いなしに二人を急かして、王宮の中へと入っていった。

部屋の前でクライヴは息子たちと座って待った。息子たちは幼くはあるが、リシェルが大変であることは理解しているようで、大人しく椅子に座って、目の前の部屋の扉が開くのを待っている。

「父上、妹が生まれるんですよね」

「ああ」

性別も魔法師によって既に判明していた。クライヴとリシェルにとって初めての女の子だ。

「僕、絶対可愛がります」

「ボクもあにうえに負けないくらい、かわいがるよ、ちちうえ」

「僕のほうが可愛がるの！」

「ボクだよ～」

既に妹の取り合いが始まりつつある。クライヴは微笑ましく思いながら、扉を見つめる。扉の先でリシェルが一人で戦っているのかと思うと、本当は居《い》ても立ってもいられなかった。

今、隣に座る息子たちにどれだけ慰められているか。彼らがいてくれるから、クライヴは、どうにかぎりぎり冷静でいられるのだ。

すると突然赤ん坊の泣き声が聞こえた。

「もしかして妹、生まれた？」

「生まれた？」

二人がそわそわし出す。クライヴも内心は扉を蹴破ってでも中へ入りたい気分だったが、子供の手前、親らしく腰を据えて二人を宥めた。

「もうすぐ会えるから、二人ともちゃんとお兄ちゃんらしくしなさい」

「はい」

「は～い」

二人とも椅子に座り直す。男三人、緊張して固まっていると、しばらくしてやっと目の前のドアが大きく開く。

「姫様の誕生でございますよ。リシェル殿下共々ご健勝でいらっしゃいます」

王室助産師の声に、子供たちがわっと声を上げ、部屋へと入っていった。子供たちの勢いに飲まれてクライヴも慌てて部屋へと入る。

「お父様！」

「おとうさまぁ！」

子供たちが部屋の真ん中にある大きなベッドへと駆け寄っていく。ベッドの上ではリシェルが幸せそうに笑っていた。

「リシェル……」

安堵した途端、全身から力が抜けたようになり、その場に立ち尽くしてしまう。するとそれまでレオンとシャルルの頭を撫でていたリシェルが、クライヴに視線を向けた。

「クライヴ、どうしたんだ、その顔。毎回思うんだが、出産した僕よりも君のほうが顔色が悪いってどういうことだよ、ふふ」

　産後で躰がまだ本調子ではないはずなのに、笑顔で迎えてくれるリシェルに、クライヴは百万回目の恋に落ちる。もう感謝と感動しかない。

「ああ、すまない……そうだな。リシェルがいつも傍にいてくれないと、駄目みたいだ」

　情けなくも少し目頭《めがしら》が熱くなった。

「まったく、君は子供が生まれるたびに、甘えん坊になるんだな」

「そんなことはないと言いたいが、そうかもしれないな」

　クライヴはリシェルの少しやつれた頬にキスをした。すると横から子供たちの声が響く。

「わあ、この子が僕たちの妹？　お父様」

「かわいいい、ふにゃふにゃだよ、おとうさま」

　リシェルの横のゆりかごに寝かせられていた妹を二人が楽しそうに覗き込んでいる。その姿が何とも可愛らしい。幸せがきらきらして、クライヴは笑みを浮かべずにはいられなかった。

「クライヴ、この子、ミリアを抱いてみる？」

　ミリア。リシェルと一緒に考えて決めたこの子の名前だ。

「え、いいのか？」

「ああ、レオンとシャルルで赤ん坊を抱くのには、もう慣れただろう？」

「そうだが……。そうだな、緊張するが、抱いてみてもいいだろうか」

「ああ、ミリアも早くもう一人のお父さんに抱いてほしいと思うよ」

リシェルの言葉に自然と笑みが零れてしまう。同時に何とも言えない幸福な責任感も沸き起こってきた。

この子を――この家族を、これからもずっと守っていく。

クライヴは細心の注意を払って、ミリアを胸に抱いた。

「はは、まずいな。もう嫁《よめ》に出したくなくなった」

幸せ過ぎて涙が溢れそうになるのを、リシェルが気付いてか、そっと指で拭ってくれる。

「早すぎないか？　クライヴ」

リシェルが呆れた顔をするが、仕方がない。本当のことだ。

「ミリアは僕のお嫁さんでいいよ」

「ボクのおよめさんだよ、あにうえ」

横からミリアを覗き込む二人が、妹とは結婚できないことを知らないまま、そんなことを言い合った。その二人を見て、クライヴは双眸を細める。

こんな幸せに満ちた世界が自分の人生に待っていたなんて、思ってもいなかった。

貧しい子爵家の生家から遠縁の公爵家に養子に来て、その生活に慣れずに大変な時期もあった。アカデミーに無事に入学した後も必死に学び、不安で圧《お》し潰《つぶ》されそうな日々の中、リシェルと出会った。

それは奇跡とも言える出会いだった――。

「……改めて、国王陛下には感謝しないといけないな。私をリシェルのつがいとして認めてくださったのだから。たとえリシェルの意思が優先されるとしても、だ。私だったら、もし気に入らない伴侶が子供たちと結婚すると言い出したら、何としてでも阻止するからな」

娘だけではない息子二人も、だ。

「はぁ……クライヴ、今の君なら、本当にやりそうだ。だがその時は本人たちの意思を尊重してやれよ。それと僕もデートリッヒ公爵には感謝するしかないな。クライヴとの結婚を許していただいたんだから」

そう言って微笑むリシェルは天使そのものだ。

天使は天使を産むのだなと、莫迦な結論に至る。

「ああ、そうだ。クライヴ、公務のほうは大丈夫だったか？」

「それは大丈夫だ。陛下もリシェルの体調を気遣っていたぞ。あと、セイン殿下やレザック殿下も、早めにミリアに会いたいとおっしゃられていた」

「オリヴィアにも連絡しないとな。ミリアの家庭教師の座を狙っていると言っていたし」

「相変わらず、オリヴィアはいろいろと言ってくるな」

だが、二人ともオリヴィアの願いを無下《むげ》に断ることはしない。なぜなら――、

「仕方ないさ。僕たち二人共、ファーストダンスのパートナー以外の彼女のお願いごとは、な

かなか断れないからな」

「確かに」

そう言いながらリシェルにキスをすると、子供たちが騒いだ。

「ああ！　父上とお父様がキスしてる～！」

「ボクにもキス～」

子供たちの要求に、再びクライヴはリシェルと笑い合い、レオンとシャルルの頬にそれぞれキスをしたのだった。

これからもずっと一緒に生きていく。それはとても美しく幸せな未来――。

あとがき

AFTERWORD…………………………

—ゆりの菜櫻—


こんにちは。初めまして、ゆりの菜櫻《なお》と申します。

ディアプラス文庫様では初めての作品になります。どうぞよろしくお願いします。

今回はカミール王国を舞台に、王子のオメガ、通称『黄金のオメガ』になってしまったリシェルと、ずっとリシェルのことが好きだった公爵令息、クライヴの両片思い、擦《す》れ違《ちが》いラブストーリーとなります。

オメガバースですが独自の設定もありますので、楽しんでいただけたら嬉しいです。少々はしゃぎすぎたキャラもいますが……。

実は、冒頭から少し切ない展開が続いたので、甘いシーンを入れようと、最初のエッチシーンは、切ないものになりそうなリシェル視点をやめて、攻のクライヴ視点の『実は溺愛《できあい》ですエッチシーン』にしました。ところが！

は　しゃ　ぎ　す　ぎ　る　ぞ、ク　ラ　イ　ヴ！

はい。クライヴがはしゃいで暴走しました。やっとリシェルと本懐を遂《と》げられるので、その気持ちはわかりますが……ちょっと待て、クライヴ。がっつきすぎだぞ。いつもの冷静さはどうしたんだ。エリート騎士だろう？　え？　わあ〜っ！

作者でも彼を止められませんでした。一見クライヴは正当派（のつもり）なんですが、リシェルに対してだけは箍《たが》が外れて執着攻になる気が……。

暴走気味のクライヴもありつつ、今回は王族物でもあったので、煌《きら》びやかさを意識して書いています。そんな中、書きたかったシーンの一つが、二人の結婚式です。

美しい結婚式が書きたいと思い、『キスをする場所にはそれぞれ意味がある』というのを参考にすることにしました。結婚式で、二人が交互にいろんな場所に意味のあるキスをするって素敵だなぁ、いつか使いたいなって思っていたんです。

でも結局は、私が求めていたような意味がそのキスをする場所になく、完全オリジナルな意味になってしまいましたが、初々《ういうい》しい素敵な結婚式になっていたらいいな、です。

さて、今回イラストを描いてくださったのは、カワイチハル先生です。カバーラフを拝見したのですが、とても素敵で、イメージぴったりでした。麗《うるわ》しいカバーラフを目の前に置いてパワーを充塡《じゅうてん》し、著者校正をさせてもらいました。ありがとうございます。

そして担当様、ご指導ご鞭撻《べんたつ》ありがとうございました。プライベートでいろいろトラブルが重なり、少し作品のパワーが落ちていた時に、的確なアドバイスをいただき、復活することができました。ありがとうございました。

あ、まだ紙幅《しふく》に余裕がありますね。そうしたら、リシェルの二人の兄の話を。

リシェルの兄、長男はセイン、次男はレザックと言います。

セインはどちらかと言うと腹黒で、自分の顔がいいことを知っているので、笑顔で人を誑《たぶら》かす王子です。王太子妃を選考中ですが、彼の性格もあって、まだまだ難航しそうな気がします。でもリシェルやレザックには優しい（うざいとも言う）兄なので、三兄弟、これからも仲良く過ごしていくと思います。あ、でもクライヴにとっては、リシェルを挟《はさ》んで婿舅《むこしゅうと》の争いになるかも？

レザックは今回あまり出番がなかったのですが、カミール王国屈指《くっし》の魔法師です。普段は魔法塔で魔法の研究をしています。優しいのですが、魔物退治などになると、凄腕《すごうで》の魔法師に変身します。結婚はまだまだと思っていますが、突然相手が現れるかもしれません。

番外で魔法騎士団、第一部隊のハリス隊長。クライヴの上司です。五歳くらい上の設定です。いつもおちゃらけていますが、魔法と剣の腕は確かで、クライヴも一目《いちもく》置いています。私的萌えで、ちょっと暗い過去持ちにしたいところです。彼の心を癒《いや》す人は出てくるのでしょうか。と、こんな感じで、ストーリーに関係ないですが、ちょっと妄想《もうそう》してみました。

最後になりましたが、ここまで読んでくださった皆様、ありがとうございました。

では、また皆様にお会いできることを楽しみにしております。

ゆりの菜櫻

この本を読んでのご意見、ご感想などをお寄せください。
ゆりの菜櫻先生・カワイチハル先生へのはげましのおたよりもお待ちしております。

〒113-0024　東京都文京区西片2-19-18　新書館
[編集部へのご意見・ご感想] ディアプラス編集部「黄金のオメガと蜜愛の偽装結婚」係
[先生方へのおたより] ディアプラス編集部気付　〇〇先生

- 初出 -
黄金のオメガと蜜愛の偽装結婚：書き下ろし

[おうごんのおめがとみつあいのぎそうけっこん]
黄金のオメガと蜜愛の偽装結婚

著者：**ゆりの菜櫻** ゆりの・なお

初版発行：2023年2月25日

発行所：株式会社 新書館
[編集] 〒113-0024
東京都文京区西片2-19-18　電話（03）3811-2631
[営業] 〒174-0043
東京都板橋区坂下1-22-14　電話（03）5970-3840
[URL] https://www.shinshokan.co.jp/

印刷・製本：株式会社 光邦

ISBN978-4-403-52569-8 ©Nao YURINO 2023 Printed in Japan

✤可南さらさ《かなん・さらさ》

カップ一杯の愛で イラスト カワイチハル
ひと匙の恋心 イラスト カワイチハル

✤川琴ゆい華《かわこと・ゆいか》

恋にいちばん近い島 イラスト 小椋ムク
ふれるだけじゃたりない イラスト スカーレット・ベリ子
恋におちた仕立屋 イラスト 見多ほむろ
ペットと恋はできません イラスト 陵クミコ
愛されたがりさんと優しい魔法使い イラスト 笠井あゆみ

✤久我有加《くが・ありか》

キスの温度 イラスト 蔵王大志
光の地図 キスの温度2 イラスト 蔵王大志
長い間 イラスト 山田睦月
春の声 イラスト 藤崎一也
スピードをあげろ イラスト 藤崎一也
何でやねん! 全2巻 イラスト 山田ユギ
無敵の探偵 イラスト 蔵王大志
落花の雪に踏み迷う イラスト 門地かおり
わけも知らないで イラスト やしきゆかり
短いゆびきり イラスト 奥田七緒
ありふれた愛の言葉 イラスト 松本 花
明日、恋におちるはず イラスト 一之瀬綾子
あどけない熱 イラスト 樹 要
月も星もない イラスト 金ひかる
月よ笑ってくれ 月も星もない2 イラスト 金ひかる
恋は甘いかソースの味か イラスト 街子マドカ
それは言わない約束だろう イラスト 桜城やや
どっちにしても俺のもの イラスト 夏目イサク
不実な男 イラスト 富士山ひょう
簡単で散漫なス イラスト 高久尚子

恋は愚かというけれど イラスト RURU
君を抱いて昼夜に恋す イラスト 麻々原絵里依
いつかお姫様が イラスト 山中ヒコ
普通ぐらいに愛してる イラスト 橋本あおい
恋で花実は咲くのです イラスト 草間さかえ
青空へ飛べ イラスト 高城たくみ
わがまま天国 イラスト 楢崎ねねこ
青い鳥になりたい イラスト 富士山ひょうた
海より深い愛はどっちだ イラスト 阿部あかね
ポケットに虹のかけら イラスト 陵クミコ
頬にしたたる恋の雨 イラスト 志水ゆき
魚心あれば恋心 イラスト 文月あつよ
思い込んだら命がけ! イラスト 北別府ニカ
恋するソラマメ イラスト 金ひかる
恋の押し出し イラスト カキネ
におう桜のあだくらべ イラスト 佐々木久美子
君が笑えば世界も笑う イラスト 佐倉ハイジ
もっとずっときっと笑って イラスト 佐倉ハイジ
華の命は今宵まで イラスト 花村イチカ
嘘つきと弱虫 イラスト 木下けい子
幸せならいいじゃない イラスト おおやかずみ
酸いも甘いも恋のうち イラスト 志水ゆき
あの日の君と、今日の僕 イラスト 左京亜也
片恋の病 イラスト イシノアヤ
疾風に恋をする イラスト カワイチハル
恋の二人連れ イラスト 伊東七つ生
恋を半分、もう半分 イラスト 小椋ムク
七日七夜の恋心 イラスト 北沢きょう
愛だ恋だと騒ぐなよ イラスト 七瀬
アイドル始めました イラスト 榊 空也
知らえぬ恋は愛しきものぞ イラスト 芥

✤栗城 偲《くりき・しのぶ》

恋愛モジュール イラスト RURU
スイート×リスイート イラスト 金ひかる
君の隣で見えるもの イラスト 藤川桐子
素直じゃないひと イラスト 陵クミコ
ダーリン、アイラブユー イラスト みずかねりょう
いとを繋いだその先に イラスト 伊東七つ生
恋に語るに落ちてゆく イラスト 樹 要
君しか見えない イラスト 木下けい子
家政夫とパパ イラスト Ciel
同居注意報 イラスト 陵クミコ
バイアス恋愛回路 イラスト カゼキショウ
ラブデリカテッセン イラスト カワイチハル
社史編纂室で恋をする イラスト みずかねりょう
塚森専務の恋愛事情 イラスト みずかねりょう
経理部員、恋の仕訳はできません イラスト みずかねりょう
亜人の王×高校教師 イラスト カズアキ

✤木原音瀬《このはら・なりせ》

パラスティック・ソウル 全3巻 イラスト カズアキ
パラスティック・ソウル endless destiny イラスト カズアキ
パラスティック・ソウル love escape イラスト カズアキ

✤小林典雅《こばやし・てんが》

たとえばこんな恋のはじまり イラスト 秋葉東子
執事と画学生、ときどき令嬢 イラスト 金ひかる
藍苺畑でつかまえて イラスト 夏目イサク
素敵な入れ替わり イラスト 木下けい子
あなたの好きな人について聞かせて イラスト おおやかずみ
デートしようよ イラスト 麻々原絵里依
国民的スターに恋してしまいました イラスト 佐倉ハイジ
国民的スターと熱愛中です イラスト 佐倉ハイジ

武家の初恋 イラスト 松本 花
ロマンス、貸します イラスト 砧 菜々
若葉の戀 イラスト カズアキ
管理人さんの恋人 イラスト 木下けい子
密林の彼 イラスト ウノハナ
可愛いがお仕事です イラスト 羽純ハナ
深窓のオメガ王子と奴隷の王 イラスト 笠井あゆみ
先輩、恋していいですか イラスト 南月ゆう
スターのマネージャーも恋してしまいました イラスト 佐倉ハイジ
王子ですがお嫁にきました イラスト 麻々原絵里依
恋する一角獣 イラスト おおやかずみ
囚われのオメガ王子と恋の奴隷 イラスト 笠井あゆみ
ひとめぼれに効くクスリ イラスト 橋本あおい
友達じゃいやなんだ イラスト みずかねりょう

✤彩東あやね《さいとう・あやね》

神さま、どうかロマンスを イラスト みずかねりょう
愛を召しあがれ イラスト 羽純ハナ
悪党のロマンス イラスト 須坂紫那
花降る町の新婚さん イラスト 木下けい子
赤獅子の王子に求婚されています イラスト カワイチハル
初恋も二度目の恋も イラスト 伊東七つ生

✤桜木知沙子《さくらぎ・ちさこ》

現在治療中 全3巻 イラスト あとり硅子
HEAVEN イラスト 麻々原絵里依
あさがお ～morning glory～ 全2巻 イラスト 門地かおり
サマータイムブルース イラスト 山田睦月
愛が足りない イラスト 高野宮子
教えてよ イラスト 金ひかる
どうなってんだよ? イラスト 麻生 海
双子スピリッツ イラスト 高久尚子

メロンパン日和 イラスト藤川桐子
好きになってはいけません イラスト夏目イサク
演劇どうですか？ イラスト吉村
札幌の休日 全4巻 イラスト北沢きょう
東京の休日 全2巻 イラスト北沢きょう
夕暮れに手をつなぎ イラスト青山十三
恋をひとかじり イラスト三池ろむこ
友達に求愛されてます イラスト佐倉ハイジ
特別になりたい イラスト陵クミコ
家で恋しちゃ駄目ですか イラストキタハラリイ

✤沙野風結子 さの・ふゆこ

兄弟の定理 イラスト笠井あゆみ
獣はかくして交わる イラスト小山田あみ
天使の定理 イラスト笠井あゆみ
隷属の定理 イラスト笠井あゆみ
獣はかくしてまぐわう イラスト小山田あみ

✤菅野 彰 すがの・あきら

眠れない夜の子供 イラスト石原 理
愛がなければやってられない イラストやまかみ梨由
17才 イラスト坂井久仁江
恐怖のダーリン♡ イラスト山田睦月
青春残酷物語 イラスト山田睦月
なんでも屋ナンデモアリ アンダードッグ ①② イラスト麻生 海
小さな君の、腕に抱かれて イラスト木下けい子
レベッカ・ストリート イラスト珂弐之二カ
泣かない美人 イラスト金ひかる
おまえが望む世界の終わりは イラスト草間さかえ
華客の鳥 イラスト珂弐之二カ
色悪作家と校正者の不貞 イラスト麻々原絵里依
色悪作家と校正者の貞節 イラスト麻々原絵里依
色悪作家と校正者の純潔 イラスト麻々原絵里依
色悪作家と校正者の多情 イラスト麻々原絵里依
ドリアングレイの激しすぎる憂鬱 イラスト麻々原絵里依
色悪作家と校正者の別れ話 イラスト麻々原絵里依
ドリアングレイの禁じられた遊び イラスト麻々原絵里依
色悪作家と校正者の初戀 イラスト麻々原絵里依

✤菅野 彰&月夜野 亮 すがの・あきら&つきよの・あきら

おおいぬ荘の人々 全7巻 イラスト南野ましろ

✤砂原糖子 すなはら・とうこ

セブンティーン・ドロップス イラスト佐倉ハイジ
純情アイランド イラスト夏目イサク（※定価651円）
204号室の恋 イラスト藤井咲耶
言ノ葉ノ花 イラスト三池ろむこ
言ノ葉ノ世界 イラスト三池ろむこ
言ノ葉ノ使い イラスト三池ろむこ
恋のはなし イラスト高久尚子
恋のつづき 恋のはなし② イラスト高久尚子
虹色スコール イラスト佐倉ハイジ
15センチメートル未満の恋 イラスト南野ましろ
スリープ イラスト高井戸あけみ
スイーツキングダムの王様 イラスト二宮悦巳
セーフティ・ゲーム イラスト金ひかる
恋惑星へようこそ イラスト南野ましろ
恋愛できない仕事なんです イラスト北上れん
愛になれない仕事なんです イラスト北上れん
恋はドーナツの穴のように イラスト宝井理人
恋じゃないみたい イラスト小鳩めばる
全寮制男子校のお約束事 イラスト夏目イサク
恋煩い イラスト志水ゆき
リバーサイドベイビーズ イラスト雨隠ギド
世界のすべてを君にあげるよ イラスト三池ろむこ
毎日カノン、日日カノン イラスト小椋ムク
心を半分残したままでいる 全3巻 イラスト葛西リカコ
青ノ言ノ葉 イラスト三池ろむこ
僕が終わってからの話 イラスト夏乃あゆみ
バイオリニストの刺繍 イラスト金ひかる
月は夜しか昇らない イラスト草間さかえ
※「心を半分残したままでいる　電子限定単行本未収録短篇集 ～未来を半分残したままでいる～」は電子にて配信中。

✤月村 奎 つきむら・けい

believe in you イラスト佐久間智代
Spring has come! イラスト南野ましろ
step by step イラスト依田沙江美
もうひとつのドア イラスト黒江ノリコ
秋霖高校第二寮 全3巻 イラスト二宮悦巳
エンドレス・ゲーム イラスト金ひかる
エッグスタンド イラスト二宮悦巳
きみの処方箋 イラスト鈴木有布子
家賃 イラスト松本 花
WISH イラスト橋本あおい
ビター・スイート・レシピ イラスト佐倉ハイジ
秋霖高校第二寮リターンズ 全3巻 イラスト二宮悦巳
レジーデージー イラスト依田沙江美
CHERRY イラスト木下けい子
恋を知る イラスト金ひかる
おとなり イラスト陵クミコ
ブレッド・ウィナー イラスト木下けい子
すき イラスト麻々原絵里依
恋愛☆コンプレックス イラスト陵クミコ
不器用なテレパシー イラスト高星麻子
嫌よ嫌よも好きのうち？ イラスト小椋ムク
teenage blue イラスト宝井理人
50番目のファーストラブ イラスト高久尚子
恋する臆病者 イラスト小椋ムク
すみれびより イラスト草間さかえ
Release イラスト松尾マアタ
遠回りする恋心 イラスト真生るいす
恋は甘くない？ イラスト松尾マアタ
ずっとここできみと イラスト竹美家らら
それは運命の恋だから イラスト橋本あおい
ボナペティ！ イラスト木下けい子
耳から恋に落ちていく イラスト志水ゆき
恋の恥はかき捨て イラスト左京亜也
もう恋なんてする気はなかった イラスト竹美家らら

✤椿姫せいら つばき・せいら

この恋、受難につき イラスト猫野まりこ
AVみたいな恋ですが イラスト北沢きょう
ひと恋、手合わせ願います イラストコウキ。

✤鳥谷しず とりたに・しず

スリーピング・クール・ビューティ イラスト金ひかる
流れ星ふる恋がふる イラスト大槻ミゥ
恋の花ひらくとき イラスト香坂あきほ
恋色ミュージアム イラストみずかねりょう
新世界恋愛革命 イラスト周防佑未
神の庭で恋萌ゆる イラスト宝井さき
その兄弟、恋愛不全 イラストCiel
契約に咲く花は イラスト斑目ヒロ
恋よ、ハレルヤ イラスト佐々木久美子
探偵の処女処方箋 イラスト金ひかる
溺愛スウィートホーム イラスト橋本あおい

お試し花嫁、片恋中 イラスト 左京亜也
兄弟ごっこ イラスト 麻々原絵里依
紅狐の初恋草子 イラスト 笠井あゆみ
捜査官は愛を乞う イラスト 小山田あみ
捜査官は愛を知る イラスト 小山田あみ

✣名倉和希 なくら・わき
はじまりは窓でした。 イラスト 阿部あかね
耳たぶに愛 イラスト 佐々木久美子
戸籍係の王子様 イラスト 高城たくみ
夜をひとりじめ イラスト 富士山ひょうた
ハッピーボウルで会いましょう イラスト 夏目イサク
神さま、お願い～恋する狐の十年愛～ イラスト 陵クミコ
愛の一筆書き イラスト 金ひかる
手をつないでキスをして イラスト Ciel
恋の魔法をかけましょう イラスト みずかねりょう
恋のプールが満ちるとき イラスト 街子マドカ
純情秘書の恋する気持ち イラスト 佳門サエコ
恋する猫耳 イラスト 鷹丘モトナリ
竜は将軍に愛でられる イラスト 黒田 屑
王子は黒竜に愛を捧げる イラスト 黒田 屑
魔女の弟子と魔眼の王の初恋 イラスト サマミヤアカザ
※「竜は将軍に愛でられる・番外篇 王国のある一日」、「竜は無垢な歌声に恋をする・番外篇 竜に愛を誓う」は電子にて配信中。

✣凪良ゆう なぎら・ゆう
ニアリーイコール イラスト 二宮悦巳

✣ひのもとうみ ひのもと・うみ
きみは明るい星みたいに イラスト 梨とりこ

✣松岡なつき まつおか・なつき
【サンダー&ライトニング 全5巻】 イラスト カトリーヌあやこ
①サンダー&ライトニング
②カーミングの独裁者
③フェルノの弁護人
④アレースの娘達
⑤ウォーシップの道化師
30秒の魔法 全3巻 イラスト カトリーヌあやこ
華やかな迷宮 全5巻 イラスト よしながふみ

✣間之あまの まの・あまの
ランチの王子様 イラスト 小椋ムク
溺愛モラトリアム イラスト 小椋ムク
ふたり暮らしハピネス イラスト 八千代ハル

✣宮緒 葵 みやお・あおい
奈落の底で待っていて イラスト 笠井あゆみ
華は褥に咲き狂う⑤ 兄と弟 イラスト 小山田あみ
華は褥に咲き狂う⑥ 恋と闇 イラスト 小山田あみ
華は褥に咲き狂う⑦ 神と人 イラスト 小山田あみ
鳥籠の扉は閉じた イラスト 立石 涼
華は褥に咲き狂う⑧ 比翼と連理 イラスト 小山田あみ
桜吹雪は月に舞う② 奉行と閻魔 イラスト 笠井あゆみ
※「華は褥に咲き狂う」1～4、「桜吹雪は月に舞う」(イラスト：笠井あゆみ)、「蜜家族」(イラスト：青山十三)、「悪夢のように幸せな」(イラスト：ミキライカ)、「覇狼王の后」上・下(イラスト：カワイチハル)、「狂犬ドルチェ」(イラスト：石田惠美)は電子にて配信中。

✣夕映月子 ゆえ・つきこ
天国に手が届く イラスト 木下けい子
てのひらにひとつ イラスト 三池ろむこ
京恋路上ル下ル イラスト まさお三月
王様、お手をどうぞ イラスト 周防佑未
恋してる、生きていく イラスト みずかねりょう
あなたを好きになりたくない イラスト みずかねりょう
異界で魔物に愛玩されています イラスト 陵クミコ

✣ゆりの菜櫻 ゆりの・なお
黄金のオメガと蜜愛の偽装結婚 イラスト カワイチハル

✣渡海奈穂 わたるみ・なほ
甘えたがりで意地っ張り イラスト 三池ろむこ
ロマンチストなろくでなし イラスト 夏乃あゆみ
神さまと一緒 イラスト 窪スミコ
マイ・フェア・ダンディ イラスト 前田とも
夢は廃墟をかけめぐる☆ イラスト 依田沙江美
恋になるなら イラスト 富士山ひょうた
さらってよ イラスト 麻々原絵里依
正しい恋の悩み方 イラスト 佐々木久美子
手を伸ばして目を閉じないで イラスト 松本ミーコハウス
ゆっくりまっすぐ近くにおいで イラスト 金ひかる
兄弟の事情 イラスト 阿部あかね
恋人の事情 兄弟の事情2 イラスト 阿部あかね
未熟な誘惑 イラスト 二宮悦巳
たまには恋でも イラスト 佐倉ハイジ
カクゴはいいか イラスト 三池ろむこ
夢じゃないみたい イラスト カキネ
その親友と、恋人と。 イラスト 北上れん
恋でクラクラ イラスト 小鳩めばる
いばらの王子さま イラスト せのおあき
厄介と可愛げ イラスト 橋本あおい
絡まる恋の空回り イラスト 斑目ヒロ
運命かもしれない恋 イラスト 草間さかえ
ご主人様とは呼びたくない イラスト 栖山トリ子
俺のこと好きなくせに イラスト 金ひかる
さよなら恋にならない日 イラスト みずかねりょう
かわいくしててね イラスト 三池ろむこ
恋はまさかでやってくる イラスト 佳門サエコ
完璧な恋の話 イラスト 梨とりこ
それは秘密の方がいい イラスト 南月ゆう
抱いてくれてもいいのに イラスト 山田ノノノ
恋は降り積む イラスト スカーレット・ベリ子